小說・妖怪連絡簿

原作 綠川幸
小說 村井さだゆき

妖怪連絡簿

登場人物介紹

藤原滋・塔子夫妻

夏目的遠親，收養被親戚踢來踢去的他。

夏目貴志

看得見妖怪的少年。繼承了擁有強大妖力的外婆的遺物「連絡簿」，一有機會就將寫在那上面的「名字」還給妖怪們。

貓咪老師

附身在招財貓上，偽裝成家貓一同生活，但原本是名為「斑」的大妖怪。以「總有一天會接收連絡簿」為條件，擔任夏目的保鑣。

多軌 透

夏目的朋友。當她畫出魔法陣後，若有妖怪走進去的話，就能看到妖怪的身影。是貓咪老師的熱情粉絲。

田沼 要

夏目的朋友，八原寺院和尚的兒子。雖無法清楚看見妖怪，但能感覺到妖怪的影子。

名取周一

私底下進行除妖工作的當紅演員，皮膚上棲息著蜥蜴形的妖怪。對妖怪雖有冷酷之處，但……

【名取的式神們】

柊　笹後　瓜姬

丙

非常喜歡夏目外婆的妖怪，也多方幫助夏目。

【八原的妖怪們】

連絡簿

貴志的外婆鈴子找妖怪挑戰並將其打敗後，讓他們在紙上寫下名字，作為成為手下的證據，換言之這就是成疊的契約書。妖怪絕對無法違抗契約書擁有者的命令。

吊燈堂奇談

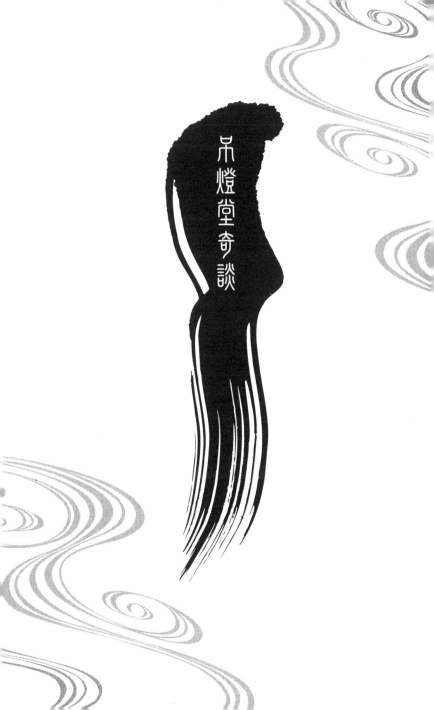

1

從小開始，我就經常會看見奇怪的東西。那些別人似乎看不見的東西，大概是被稱為妖怪的魔物。

例如在路口等紅綠燈時，當我不經意望向對面，就看到那個東西站在那裡。她乍看之下像個年輕女子，然而臉是綠色的；一頭長髮一路垂到腳邊，睜著充血漲紅的眼睛瞪向我。或是跟同學走在放學路上時，突然看見民宅牆壁上有一張臉。那張約有普通尺寸的三倍大的巨大男性臉孔，用不帶感情的眼神目送經過的小學生。

我花了一段時間，才理解到自己以外的人都看不見那些東西。在等紅綠燈時牽著我的手的叔叔，斥責了即使燈號變綠也怕得不敢過馬路的我；而同學們也將指著空無一物的牆壁，堅持上面有張大臉的我稱做大騙子。當這種事情屢次發生，我也終於漸漸瞭解到有哪裡不太對勁。看來這個世界上除了每個人都同樣能看到的普通人或物之外，還有只有我看得到的怪異之物存在。一開始我以為其他人跟我一樣，他們只是瞞著旁人，但各自都有只有自己看得到的東西。在我領悟到其他人並非如此，世界上——至少在對此時的我而言的狹小世界中——只有我一個人看得到這一類的異形時，我害怕得發抖。於是我開始隱瞞這件事。

但是再怎麼試圖慎重隱瞞，看得到的東西就是看得到。而且大部分妖怪都出現得很唐突，也由於我看得太清楚，導致分不出某些妖怪與人類的區別。父母早逝，輾轉住進各個親戚家的我，不時因為這件事引發麻煩。要是有個孩子指著莫名其妙的方向突然發出尖叫，或是在沒有任何人的房間裡嘀嘀咕咕地跟某個人講話，大多數人都會覺得不舒服吧。每次搬家時，剛開始和善對待我的同學們也因為我「老愛說謊」，慢慢離我而去。這也沒辦法，畢竟是我自己不好。我這麼想，因此連我自己也開始努力過著盡可能不跟人扯上關係的生活。

——希望哪一天能變得看不到那些傢伙。

孩提時期的我過著一個勁兒地祈禱著這件事的日子。那時我不曾對任何人敞開心胸。與他人建立起深厚的「緣」，是在被現在的家庭收養之後。藤原家的人——滋叔叔與塔子嬸嬸聽說我這個相當疏遠的遠親在親戚之間被踢來踢去，特地前來收養我，是一對心地善良的好人。而在這個城鎮裡，我開始跟妖怪們建立起「緣」。現在回想起來，這是一點偶然與必然重疊之下造就的結果。我碰巧擁有繼承自外婆的遺物，因而受到覬覦那個遺物的妖怪襲擊，在逃竄之中不小心打破結界，隨即現身的妖怪竟剛好是鈴子外婆的舊識。那個妖怪現在擔任我的保鑣。他本來的姿態是形似優美白狼的大妖怪，但他平時化身成有如圓滾滾胖貓的型態——根據本人的說明，這是他的容器——偽裝成藤原家飼養的貓一起生活。我稱他為貓咪老師。

據說鈴子外婆跟我一樣，是看得見妖異之物的人。擁有強大妖力的她向每個遇到的妖怪挑戰，凌虐他們一番後，讓他們在紙上寫下名字，作為成為她手下的證據，並收集成冊。這本只要被擁有者呼喚名字，就絕對無法違抗的契約書冊子就是「連絡簿」。擁有這本連絡簿的人，就能得到統領諸多妖怪的力量。在繼承外婆的遺物而得到連絡簿的我身邊，接二連三地出現試圖奪取連絡簿或想索回名字的妖怪。貓咪老師跟我約好在我死後接收連絡簿，以此為條件擔任我的保鑣，於是連絡簿成了我跟貓咪老師之間的「緣分」之始。仔細想想，這類緣分的種子隨時都散布在四處。碰巧是遠親、碰巧同班、碰巧在路上聊了天——人與人的緣分就是從傾聽、留意到這種一連串的偶然與必然之後誕生的。這是我從接下來會提到的某個人那裡現學現賣的一句話。

我在這個城鎮裡，不停與人跟妖建立起微小的「緣分」。我生平第一次知道原來人與人就是要這樣慢慢建立起關係，但其他人恐怕從更小的時候就開始進行這樣的事情至今吧。有時候我會想，我跟以前相遇過的人們，不是也曾有機會跟現在一樣建立起聯繫嗎？若我當時有注意到四散在各處的契機，沒有逃避的話……

總而言之，我宛如剛學會走路的孩子一般，在感到膽怯猶疑的同時，終於慢慢開始跟旁人產生聯繫——

傍晚從七辻屋回家的路上，我遇到多軌。多軌是與我就讀同一所高中五班的女生，是我在這個城鎮交到的重要朋友之一。

「你好，夏目同學。啊……」

與貓咪老師四目相交的下個瞬間……

「呀——小貓！」

多軌大叫著緊抱住老師。

七辻屋是老師中意的饅頭店，今天我們是來買新上市的艾蒿風味紅豆粒餡，想早點回家吃點心的老師原本正在催著我快走。老師在多軌懷中哀嚎：

「喂，快住手，放開我，妳這傢伙！」

老師不斷掙扎。

「啊，對不起，我真是的。」

多軌這才回過神來，放開貓咪老師。

多軌知道我「看得到」，也知道貓咪老師是妖怪。

第一次見到多軌時，她穿著樸素的大衣，將老舊的帽子壓得很低，一邊小心著盡可能不引人注目——盡可能避免被旁人搭話，一邊在路上走。後來我才得知那是因為她在獨自跟某個妖怪戰鬥，但當時不知道這件事的我輕率地對她開口，多軌也驚訝到不小心叫出我的名字。這個契機使我涉入她的事件，並開始瞭解她這個人。我現在也已經明白她其實是個愛聊天、非常喜歡可愛玩意兒的女孩子。

「多軌妳現在才要回家嗎？」

我看著穿著制服、拿著書包的多軌這麼說。

「是呀，我在圖書室查資料，結果弄到這麼晚。」

「查資料？」

「嗯，有些東西想查。」

「先別說那個了，妳帶著什麼東西？」

從剛才開始就一直做出聞嗅動作的貓咪老師說道。

「有一股妖物的味道喔。」

老師的鼻頭湊向多軌的書包。

「啊，該不會是這個東西吧？」

多軌好像突然想起來似的，從書包裡拿出一個稍大於標準尺寸的白色信封。

「唔，就是那個。」

我盯著多軌手上的信，但似乎沒有怪東西依附在那上面的跡象。

「信封裡藏著妖怪嗎，老師？」

「誰知道，或許只是長期放在妖物旁邊，染上妖怪的氣息而已。這股妖氣微弱到連我都只感覺得到一點點。」

「多軌，可以讓我看一下嗎？」

「啊，好。」

白色信封已被裁紙刀整齊開封。我看到裡面放著一張信紙，此外還有一個茶色信封。白色信封之所以比標準信封還大，就是為了把這個信封放進去吧。我拿出裝在信封裡的另一個信封。這個信封打從一開始就沒有用膠水封緘的跡象，唯有上面的封口部分被牢牢摺起。

「這是？」

「這是寫給我祖父的信……」

「給多軌祖父的信？」

多軌的祖父是個憧憬妖怪、畢生追尋妖怪的人。多軌繼承了祖父慎一郎先生的遺物，因那些遺物而被捲入與妖怪有關的事件。

「不過因為一些原因，最近才寄到。原因就寫在那封信上。」

多軌指著放在白信封中的嶄新信紙說。

「一同寄來的老舊信封是十幾年前就寫好的，但不知為何一直被放著沒有寄出去。直到這封信的主人最近……」

多軌暫時停下話語，鄭重地重新揀選說法：

「聽說寫下這封信的夫人最近過世了，她的孫女找到這封信，特地寄過來。」

「哦。內容……妳讀過了嗎？」

「嗯，但我看不太懂。」

「咦？」

「以前的人不是會寫一種扭來扭去的字嗎？」

「啊，是草書嗎？」

「寫起來感覺像是那樣。我看不懂，所以打算在圖書室查出讀法，但這好像跟草書也不一樣……」

「哦。」

我忍不住想看看內文，但在千鈞一髮之際停下動作。要是有什麼東西在這種地方竄出來，難保不會危及多軌。

「夏目，何必跟這種東西扯上關係。快點回家吧。」

「你在說什麼啊，說這上面有妖物味道的就是老師吧。」

「我得快點回去吃饅頭啊。在意的話就把信封拿回去，之後再調查就行了吧。」

「咦？啊，也對……多軌，這個可以借我拿回去嗎？」

我不能就這樣讓多軌把帶有妖怪氣息的東西帶回去。

「啊，好。那封信如果是可以解讀的東西，那我也想設法看懂，因為我很在意寫給祖父的信上寫著什麼事情。假如這封信跟妖怪有關，夏目同學你們說不定比我更有可能讀懂吧。」

這個世界上存在著所謂的妖怪文字，連絡簿就是用這種文字書寫而成。這或許也是那一類的文字。

「如果你能看懂的話，也要告訴我上面寫了什麼喔。」

「我知道了，謝謝。」

「快點，夏目，事情談完了就快回去。」

受到貓咪老師催促，我告別多軌，回到藤原家。

「老師，你剛才是為了避免多軌受到波及才會說那種話吧。」

「啥？我為什麼需要費那種心啊。就算當時有妖物蹦出來，有我在就不用擔心。我會在你們受到危害之前收拾掉他。」

「或許是這樣沒錯，不過以防萬一嘛。」

老師一邊吃饅頭，一邊用鼻子發出「哼」的一聲。

我拿出多軌寄放在我這裡的信封，檢查內部。仔細想想，我只需要借用染有妖物氣息的古老信件就夠了，但我此時才注意到我已連同裝著信的白信封一起帶回家。我原本不太好意思讀寄給他人的信，不過多軌既然把這個交給我，就表示讀了也沒關係吧。畢竟原本該讀這封信的人已經亡故了。

我先從白色信封中拿出信紙閱讀。

多軌　慎一郎　先生

敬啟者

我是現正經營骨董店吊燈堂的藤江一子的孫女佐古芳美。藤江是家母結婚前的舊姓，一子算起來是我的外祖母。

上個月二十九日，我的祖母一子過世了。在整理她的遺物時，我們找到多軌先生您寄給祖母的成疊信件，全都受到細心保管。雖然親戚們都對多軌先生的事情一無所知，但既已得知您與祖母交情篤厚，在此致信向您告知祖母的逝世。

發現多軌先生您寄來的信件時，我們對於是否該通知您我祖母的死訊而感到猶豫。這是因為我們擅自拜讀信件內容後，發現裡面並未寫著什麼內文，僅在黑色圓印後寫著兩個並排的數字，而這種奇妙的信件竟超過百封。這是否是什麼暗號呢？眾親戚之中也有人覺得毛骨悚然，主張把信丟掉，但對此感到在意的我決定調查祖母的日記。

調查之後，我發現在信件郵戳日期後幾天的日記中，必定會記錄著數字，全跟信上的數字一模一樣。祖母收到多軌先生寄來的信後，絕對會記錄信上的數字。更深入調查後，我也發現在收到信的數日或者數月後，祖母會寄出回信。在尋獲的信裡，年代最久遠的一封信是在家母出生前。看來祖母跟多軌先生奇妙的書信往來持續了數十年呢。

祖母的日記只是淡漠地記錄著當天的天候、三餐的內容或是賣出去的商品。在那之中，來自多軌先生的信上的數字，以及「回信予多軌先生」的這行字格外耀眼。我覺得對祖母來說，這似乎是擁有特殊意義的一件事。

另外，與多軌先生寄來的信件保管在一起的還有另一個東西，就是祖母寫給多軌先生的信。信放在老舊的茶色信封中，上頭也寫著收件人姓名，但並沒有封緘，裡面的信上寫著奇妙的文字，我們無法解讀。

我再度調查日記，發現在距離多軌先生所寫的最後一封信寄到的那一天的幾個月後，有一行「已寫回信。未寄」的記述。我想這指的就是這個信封吧。看來祖母似乎一直將這封信留在手邊。

我在想，多軌先生的來信之所以中斷，或許是因為祖母沒有寄出這封信。若是這樣的話，多軌先生現在是否依然在等待祖母的信呢？既然如此，我們處理掉這封信真的好嗎？

因此出於我個人的判斷，我將這封信連同祖母的逝世通知一同寄出。由於不清楚多軌先生

現在狀況，萬一這封信沒能送到本人手中，而是由家人收到的話，處分掉這封信也沒有關係。

願多軌先生與家祖母長年的交流，能以完善的形式畫上「休止符」。

佐古芳美　敬上

真是個奇妙的故事。

這位老夫人跟多軌的祖父之間究竟有過什麼樣的書信往返呢？只要讀過隨此信寄來的另一封信，或許就能解開這個謎團吧。我從一同寄來的茶色信封中取出信紙，展信閱讀。

信上正如多軌所說，排列著歪七扭八的奇妙文字。

「如何，裡面有妖異之物嗎？」

吃完饅頭的老師語氣悠哉地這麼說。

「不，什麼都沒有。」

如此回答的瞬間，文字動了起來。

才看到文字宛如波浪般一陣起伏，黑色的文字們就開始在紙上四處爬動，接著，文字跳了起來。

「嗚哇！」

眼前瞬間一片黑暗。從紙上躍起的這些傢伙竟咻——地兵分兩路，鑽進我的雙眼。

「怎麼了，夏目？」

「剛才有東西鑽進我的眼裡！」

我摀著眼睛大喊。

「過來，讓我看看。」

貓咪老師盯著我的眼睛，低聲沉吟。

「唔，這些傢伙是什麼啊。」

「老師，這是怎麼回事，在我的眼睛裡的是什麼東西!?」

「有像小蚯蚓一樣的細長物體，在你的眼睛深處動來動去。」

「咦!?是妖怪嗎？老師，你快幫幫忙。」

「為什麼我要幫忙啊。」

「你是我的保鑣吧！而且你剛才不是說，就算有什麼東西蹦出來，你也會在危害到我之前收拾掉嗎！」

「我才沒閒時間理會這種小嘍囉中的小嘍囉！你自己想辦法。」

「叫我想辦法……」

「反正憑這種程度的妖力，就算養在身體裡也不會有什麼大礙。怎麼樣，會痛嗎？」

鑽進眼裡的時候，我有感受到一瞬間的疼痛，但現在什麼感覺都沒有。

「視覺有什麼變化嗎？」

我環顧四周，看起來一如以往。看來並沒有影響到視力。

「那就沒有實質危害吧。他們只是小角色，你就別管了。要是用我的力量把他們趕出來，你的眼睛反而會受傷喔。」

「怎麼這樣……」

就算是微小無害的妖物，我還是覺得身體裡有妖怪的感覺不太舒服。

忽然間，我想起身體上棲宿著形似蜥蜴狀斑痕妖怪的那個人。聽說那個妖怪從他小時候就出現，不曾造成危害，現在依舊在他全身上下移動，但唯獨不會移動到他的左腿。

「你只要想成類似那樣的東西就沒問題了。」

老師說得毫無誠意。

「重要的是，那封信變成什麼樣了，夏目？」

「啊，對喔。」

我看向信紙，上面雖然有文字妖離去後的痕跡轉變成的茶褐色污漬，導致有一部分無法閱讀，但以漂亮的楷書書寫的信件原文就出現了。

「哈哈，原來如此。信上原本棲宿著文字妖啊。」

「文字妖？」

「如字面所示，是種會化身成文字的妖怪。他們棲息在古舊的紙張上，模仿人類的文字。有些動物會為了保護自己不受天敵攻擊，與周遭環境同化來隱藏身形對吧？這跟那是同樣的道理。」

「也就是說，這是種擬態嗎？」

我佩服地想，原來也有像變色龍跟尺蠖一樣的妖怪存在啊。

「文字妖不解人語，也不懂人類的文字，他們只不過是偽裝成看起來像一回事的形狀罷了。那封信的寄件者是骨董店的老闆，對吧？他們之前八成是模仿收藏在古董店深處的經文裡的字吧。」

原來如此，難怪多軌經過調查後依然無法閱讀。

「可是，為什麼多軌閱讀時妖怪沒有活動，剛才卻鑽進我的眼睛？」

「我聽說文字妖本來就是種幾乎不怎麼活動的妖怪。他們會花長時間慢慢移動，一邊模仿成文字的外型。大概是對你的妖力產生反應，以為有敵人出現而嚇了一跳吧。」

由於我擁有這種力量，有時候就是會發生這種事。孩提時期我曾因自身的不幸而哀嘆，但現在我會祈禱能跟文字妖好好相處。不過發生這種事情時，果然還是會沮喪。

文字妖離開後的信紙上，在〇記號後寫著漢文數字「十四　之　九」。後面還寫著短短的一句話，但剛好文字妖留下的污漬特別嚴重，無法解讀。我能看到的只有「[illegible]局[illegible]了吧」。

「哎呀，貴志，你又在洗臉啊？」

當我到樓下的廁所洗臉時，塔子嬸嬸這麼問。她知道我回家時已經先洗過臉才上二樓。

「啊，沒有……剛才貓咪老師撲過來跟我玩，結果灰塵跑進我眼睛裡了。」

彷彿想說「別推到我身上」似的，待在一旁的老師哼了一聲。

「沒事吧？讓我看看？」

塔子嬸嬸將臉湊過來，盯著我的臉。她彷彿要讓我做出鬼臉般，用指頭將眼瞼稍微往下拉。

「唔，看不到呢。痛不痛？」

「啊，不會，一點都不痛。」

後來請老師幫我確認後，我才得知文字妖依然好端端地待在我眼睛裡。看來旁人看不到從紙裡衝出來的文字妖。

「太好了，好像已經掉出來了呢。很快就要吃飯了，把臉擦一擦吧。」

「好。」

她會不會覺得我很奇怪呢？不，就算她覺得奇怪也沒關係。若在以前碰到這種時候，我總會過度急於隱瞞，反而招來懷疑。現在就連這種微不足道的互動，都讓我覺得有些開心。

結果妖怪鑽進眼中沒有造成任何影響，那天就這樣過去了。但這純粹是我沒有注意到其影響，異常變化早已發生。我直到隔日才發現到這點。

在學校裡，就已經有預兆出現。那是發生在上午，我在走廊上碰到看著操場的田沼的時候。

「夏目，那裡……有什麼東西在嗎？」

田沼跟我一樣，是個可以感受到妖怪存在的人。這件事就是我們成為朋友的契機。

「嗯？不，我什麼都沒看到。」

「這樣啊，那就是我看錯了。我剛才總覺得看到樹叢裡有個像影子的東西在動。」

田沼並不像我一樣能清楚看見妖怪。他大抵來說只能以影子或氣息的形式感覺到他們的存在。

「喂，田沼？下一節是體育課喔！」

「喔，我馬上過去。再見啦，夏目。」

被同班的北本這麼呼喚後，田沼回到教室。田沼離開後，我為了確認而再度看向田沼所指的樹叢，但還是看不到任何像妖怪的東西。

除此之外，沒有發生任何事情。既沒有大臉突然出現在民宅的牆壁上，等紅綠燈處對面也沒有站著綠臉的女人。或許是因為那天天氣晴朗，陽光舒適，讓我心情平穩的緣故吧，我漸漸開始不在意眼睛裡的妖怪。反正那些東西那麼小，或許就如老師所說，他們不會造成實質危害，我也沒必要感到困擾也說不定。事情就發生在我開始這麼想的時候。當我走在河童總是頂著乾掉的盤子、面朝下倒在地上的那一帶道路時，突然有種踩到某個柔軟物體的觸感。

「嗚呀！」

只聽有道聲音響起。我連忙看向腳邊，但那裡什麼都沒有。

「嗚嘿，是夏目大爺！您太過分啦！」

是河童的聲音？可是他在哪？

「雖說至今數度承蒙您相助，但我從來不曾受到這樣的對待！既然如此，就算您是我的恩人，還是要跟您決一死戰……啊啊，頭好暈。」

我聽到噗通倒地的聲音，但依舊看不到河童的身影。

「喂，夏目，你在玩什麼遊戲啊。虐待動物不可取喔。」

貓咪老師忽然現身。

「不是的，老師，我聽到河童的聲音，但沒看到他的身影。」

「什麼？你看不到那邊的那個小角色嗎？」

老師凝視著我的臉。

「就算……您撒那種謊……我也不會被騙……呼啊。」

從孱弱的聲音聽來，河童確實在這裡，似乎又一如以往因盤子被曬乾而倒地不起。可是我看不到他的身影。

「老師，這該不會……」

肯定是文字妖的影響。

「夏目，過來。」

老師打算把我帶到八原。在那之前，我從附近舀水過來，「嘩啦啦」地灑在聲音傳來的方向。直到剛才都在訴說怨言的河童像往常一樣地道謝後，似乎就不知道跑哪去了。

來到八原，泥鰍鬍子、中級等等的妖怪似乎都已在老師的號召之下聚集到我的周圍。

「夏目大人變得看不到我們，這可是一件大事！」

「一件大事——一件大事——！」

「真是有夠沒用，不過是文字妖這種程度的妖怪跑進眼睛，就變得看不到我們，再弱也要有限度吧。不過這點也很可愛就是了。」

「嗚哇，住手！不要突然對我吹氣啦，丙！」

「這個小小的肉丸子到底都在做什麼啊，真是個根本派不上用場的保鑣！」

「吵死了！高貴的我是秉持著刻意不理會小角色的主義。」

因為擔心我而聚集起來的妖怪們確實就在那裡。然而除了貓咪老師以外，我完全看不見他們的身影。貓咪老師那宛如胖豬般的貓咪模樣，是個旁人也能看得見的容器，所以現在的我也能看得到。正因為如此，我們才會一直沒有注意到從昨天開始發生的異狀。

「夏目，這樣你看得到嗎？」

伴隨著一陣濃煙，老師的身影消失了。

突然間，我身邊變得空無一物。

「老師，你在嗎？」

受到不安驅使，我出聲問。

沉默。

一輛腳踏車經過。

戴著棒球帽的大叔滿臉訝異地看著獨自呆立在原野入口的我，從旁邊穿了過去。

「……老師！」

「放心吧，我就在你身邊。」

聽到聲音，我鬆了口氣。

「拜託你變回原本的模樣，只聽得到聲音的話，我沒辦法平靜。」

「這不是原本的模樣，是用來潛藏在人世間的姿態。」

老師一邊抱怨，一邊隨著一陣濃煙變回貓咪的模樣。

「原來就算是這麼小的妖怪，一旦直接附身在人類身上，也多少會造成危害啊。這可真是耐人尋味。」泥鰍鬍子說。

「沒辦法，我就暗中幫你調查一下文字妖吧。」丙說。

「但這件事最好還是別被其他妖怪發現。」

「知道你看不見的話，或許會有妖怪覬覦連絡簿而前來襲擊呢。」

「這件事情就當成只有我們知道的祕密吧。」

「祕密、祕密。」中級們說。

感激之情從心底湧現。無法看見他們的模樣真令人焦急難耐。

從八原回家的路上，我跟老師走在一起，一邊思考。

——假如就這樣再也看不到他們的模樣……

以前我碰過失去看見妖怪的力量、變得看不到心心相印的妖怪的人。那是在我已經跟貓咪老師等妖怪相識之後，所以得知有可能發生這種事情時，我感覺到一股宛如內心深處被緊緊揪住的恐怖。

「夏目，你在想什麼？」
「沒有，沒什麼。」
「你肯定又在想無聊事，想說要是文字妖們吸收你的妖力，在眼中嘩——地繁殖開來，擴散到全身怎麼辦，對吧？」
「我才沒有這樣想！不要說這種恐怖的話啦，老師。」
我根本沒有想像到那麼令人不舒服的事，但是也無法保證這種事絕對不會發生。現在我僅只是看不到妖怪，但要是連聲音也聽不到、氣息也感覺不到的話……
要是我失去察覺妖怪存在的能力，他們也不會再像這樣關注我吧。貓咪老師……或許會從我手中奪走連絡簿，馬上不知所蹤也說不定，畢竟我就連想把名字還給來訪的妖怪都做不到了。我將過著不會受到妖怪們煩擾的日子。這照理說是我從孩提時期就不停追求的事物，但是我心中這股寂寥的疼痛是怎麼回事？

那一天，我做了奇怪的夢。
這裡是昏暗的室內——放著壺、盤子、掛畫、陶瓷人偶、座鐘，散發出獨特的霉臭味。不可思議的是，整家店都被一種霓虹色澤包覆住。店內深處有一張收銀檯。
一位老太太正凝視著剛寫好的信。那就是不久後會有文字妖寄宿的那封信吧。老太太下定決心，將那張信紙放進已經寫好收件人的信封中。正當她想黏住封口時，她的手停住了。老太太發出「唉」的一聲嘆息後，沒有封緘就把信封收進抽屜。

突然間，一種不可思議的光芒充斥店內，周圍的骨董們宛如呼應老太太的呼吸般，開始窸窸窣窣地騷動起來。沒有通電的吊燈亮起淡淡的暖光，人偶的影子輕快地跳起舞。然而老太太看起來並沒有注意到這些，她彷彿靜靜沉浸在回憶中一樣閉上眼，不久後開始打盹。

看不到妖怪的日子持續了三天左右。八原的妖怪似乎有為我守住祕密，河童好像也領會到這個狀況，沒有對其他人說出口，因此我沒有受到其他妖怪襲擊。也幸好文字妖沒有在眼裡增生，搞出更過分的破壞。我過著沒有特別不方便、真要說和平的確是很和平的日子。但是那個夢令我在意。

「那個夢該不會代表文字妖想回到那個老太太的店裡吧？」

前來報告文字妖的調查結果的丙說道。很遺憾的，丙的調查沒有任何成果。據她所說，沒有人知道文字妖附在人類眼睛上的案例，更遑論把他們趕出去的方法。

「原來如此，說不定就是這樣呢。夏目，要不要去那家店看看？」

老師之所以難得地表現出積極態度，或許是因為我這個不上不下的狀態，讓待在我身邊的老師也感到不自在也說不定。

第三天，我在放學回家的路上叫住多軌，將信還給她。我簡短扼要地向她說明文字妖的事情，不過由於不想讓她產生無謂的擔憂，我沒有說出他們鑽進了我的眼睛裡。看到文字妖離去後的信，多軌很驚訝，並因出現可以讀懂的文字而表現出率直的喜悅。不過數字的意義依舊成謎。

「還是要謝謝你。雖然不知道意思，但我想這對祖父來說一定是重要的書信交流。」

「那個……關於信上提到的那家骨董店『吊燈堂』……」

「？」

「那家店的地址跟寄信過來的孫女佐古芳美小姐的住址不同，我想知道那家店現在還在那裡嗎？」

「啊，你是要問這家店的事情？為什麼？」

「我對它產生了一點興趣，想去店裡看看。」

「咦？」

多軌訝異地盯著我的臉好半晌，但她什麼也沒有問就回答：

「如果是這樣的話，你若不快點去，那家店就要不見囉。」

「咦？」

「我有寄致謝信給那個人，感謝她將寫給祖父的信寄過來。因為我想，我也必須向她報告我祖父已經過世的事情才行。結果我昨天收到回信，信上寫說在親屬會議中，眾人決定收掉骨董店。」

「原來是這樣啊……」

「她說這是因為沒有人要繼承，而且那家店所在的大樓擁有者也想把整棟大樓改建，所以好像在驅魔過後，馬上就會開始動工。」

「驅魔？」

「嗯？」

「妳說驅魔，是要驅什麼魔？」

「誰知道呢。畢竟那是經手骨董的店鋪，一旦要拆毀，或許會產生許多問題吧。」

原來如此。雖然我這麼想，但還是有點在意。每當有骨董店歇業時，都會舉行驅魔儀式嗎？

「如果夏目同學要去的話，我跟芳美小姐聯絡一下吧？」

「啊，不用了……」

就算她特地幫我聯絡對方，也難以說明我這個非親非故的外人造訪的理由。總不能告訴對方「因為鑽進我眼中的妖怪想回到那家店」吧。我以「我只是想哪天心血來潮就去看一眼，所以不用這麼做」為由，把話題岔開了。

「我也想再搜索一次祖父的遺物看看，在哪個地方一定有跟這封信一樣的信。」

多軌緊握拳頭，露出充滿決心的表情。多軌家的閣樓跟倉庫裡收納了大量祖父慎一郎先生的遺物，這想來不會是件易事。之後多軌在臨別之際，彷彿突然想起來似地說：

「啊，還有，既然夏目同學要去拜訪吊燈堂，這封信就由你繼續保管吧。這上面有寫住址。」

說完，她把我還給她的兩封信封中的老舊茶色信封單獨還給我。

「好。」

當時我自然而然地將之收下，卻在後來引起麻煩的誤解。

總而言之，我在下個禮拜天在貓咪老師的陪同下造訪吊燈堂。雖然肯定無法進入店內，但只要能從外頭看看就夠了。希望眼裡的文字妖會心生懷念，就此離我而去。我帶著這種並不抱太多期待的心情前往。

我從車站搭急行列車前往幾站之外，那家店就位在車站附近。這個地區是個還算大的城市的市中心，當地也有大學，聽說是個學生很多的城鎮。從家裡到這邊近得出乎意料，我們十點多出發，中午之前就到了。我曾在不知何時聽滋叔叔說，以前沒有直接通往那個城鎮的路線，就算搭電車也得繞一大圈，因此在那邊的大學上課的人大多都會尋找租屋處。

應貓咪老師的要求而在站前的烏龍麵店吃了提早的午餐後，我一邊看著寫在茶色信封背面的住址，一邊尋找那家店。這個小鎮北鄰山地，南側則是一整片延伸至海邊的平地，不過車站的北側較為熱鬧，這是因為在山腰有間歷史悠久的神社，使得城鎮沿著參拜道路兩側發展。大學也位於高地上，古老的校舍俯視著整個小鎮。一走出車站大樓就會看到公車站，五條道路呈放射狀在眼前展開。

我靠車站大樓旁派出所的地圖確認過地址後，走進從車站沿著軌道向西北方延伸的商店街。這似乎是一條常有學生聚集的街道，兩旁二手書店、文具店、時尚咖啡廳林立。我的目的地吊燈堂離此有段距離。每當在路上跟小孩子擦身而過，他們看到貓咪老師時若不是噗哧一聲笑出來，不然就是伸手指著牠，讓老師的心情變得很差。

「喂，夏目，我要回去了。你自己一個人去那間古董店。」

「別這麼說，陪我一起去啦。我會請你吃七辻屋的饅頭。」

在好幾條路上轉彎進入岔道後，正當我確認信封上的住址是否在這一帶時，一位女性從我身旁經過。

「那個，不好意思。這附近有一家叫做吊燈堂的骨董店嗎？」

「咦？」

那位女性用相當驚訝的表情看向我。

「如果要去吊燈堂，在那邊左轉，沿著河往北走，很快就會到了……」

她大概是大學生吧，長髮綁成一束馬尾，胸前戴著印地安風格的羽毛飾品，穿著經過漂白的藍色牛仔褲，拿著一個書店紙袋。雖是樸實的打扮，卻讓人感覺到一種良好的氣質。

「不過那家店已經……」

「啊，我知道。我跟那家店有一點因緣。」

「這樣啊……」

女性滿臉訝異地看著我。接著，當她看到我拿著的信封，她嚇了一跳，露出彷彿想說些什麼的神情，但最後行了一禮就離開了。

「喂，夏目，趕快走啦。」

按照女性所說的轉彎後，我看到盡頭有一條小河，一條有著成排柳樹搖曳、看起來很舒服的街道朝南北延伸。一看到河對岸一家甜點鋪的旗幟，貓咪老師就想過河，設法制止牠的行動後，我們朝河川上游走去。學生街已到了盡頭，普通的民宅接續在後。吊燈堂就在其中。

來到店鋪前方時，老師突然停住腳步，小聲沉吟。

「唔唔，這是不好的徵兆啊，夏目。」

「怎麼了，老師？」

「有髒東西在。」

「是妖怪嗎？」

「哼，根據想法的不同，這可能比妖怪還更惡質。」

我站到店門前，發現門上掛著「停業中」的牌子，但裡頭有人的氣息。

「裡面到底有什麼啊，老師？」

此時，門慢慢敞開。看到從店內出現的那個人的臉，我不由得嚇了一大跳。若把一連串的偶然稱為人與人的緣分，那麼我跟這個人大概真的緣分匪淺吧。

「哎呀？夏目。竟然在這種出乎意料的地方遇到你。」

那個容貌俊俏的人露出爽朗的微笑。我驚訝地大聲叫出那個人的名字：

「名取先生！」

2

關於偶然與必然的差異。

或者說，關於「僅只一次的相遇」這種事。

區隔這兩者的究竟是什麼呢？

有許多分子在空氣中交錯飛舞，以莫耳作為計算單位。分子與分子會隨機碰撞，宛如撞球的球一樣描繪出複雜的軌跡動來動去，但在莫耳這個單位中，分子總是保持著平衡，描繪出安穩無事的世界全貌。支配整個世界的神明，大概不會把每天因偶然的碰撞而痛苦的我們這些小人物的喘息放在心上吧。儘管如此，這份偶然究竟算什麼呢？

佐古芳美看著坐在眼前這個初次見面的眼熟男子的面孔，思緒飄到支配著萬物的世界原理上。

「傷腦筋啊。我還以為會來的鐵定是『骨董・鈴木』的老闆呢。」

「我們也嚇了一跳啊。鈴木先生說會介紹優秀的除妖人過來，我還以為會是個年紀更大一點的人呢。」

在咖啡廳深處的座位，坐在芳美隔壁的母親有些興奮地說。

「我們家跟鈴木先生是世世代代的交情，所以他的委託我都無法拒絕。不過我在從事這種工作的事情要保密喔。」

他淘氣地用食指抵住嘴，發出「噓」的一聲。

「啊，是，當然沒問題。」

「像這種旁人幫忙仲介的工作，我一向極力避免跟委託人見面。喏，畢竟我的外表還算知名嘛。」

「真的，我們嚇了一大跳呢，對吧？」

媽媽將話題拋給芳美，但芳美用「嗯」的曖昧回答蒙混過去。

芳美當然知道這個男人是名叫名取周一的知名演員。但是對相較之下比較喜歡老片，而且也幾乎不看電視劇的芳美來說，他並不算是很熟悉的演員。然而昨天在學生會館討論小組報告時，她從同個研究室的朋友口中聽到這個名字。

「芳美，妳知道嗎？聽說現在理學院那邊在拍電影，名取周一也來了。」

「妳說的名取周一就是那個演員？」

芳美就讀的大學理學院館是戰前建造的歷史建築，她是有聽說過那邊偶爾會被用來拍攝電影，可是她沒想到會在自己的學期間碰到。

「欸，要不要去看看？說不定能拿到簽名喔。」

雖然受到朋友邀約，但芳美沒有去。對於名取周一，她頂多就是能把他的長相跟名字湊在一塊兒的程度，並不算他的支持者。雖然她多少也想一睹名人風采，但她不想被人當成有追星興趣的人。然而當她回家打開電視時，他的臉突然出現在上面。這是一集完的電視劇的重播，名取在劇中出色地演出女主角的對象。

——哦，挺帥的嘛。

當時或許也該去看看。雖然有點後悔，但她想大概是沒那個緣分吧，於是就此死心，將這件事趕到腦海一隅。畢竟她明天必須處理一件麻煩事。

祖母過世後，眾人在親屬會議中決定關掉吊燈堂。首先是因為大樓擁有者想重建老朽的大樓，再來是因為付完店面租金後，這家店幾乎沒有盈餘可言；而最大的理由是，沒有任何人要繼承這家店。

祖母的店即將消失，讓芳美感到有些遺憾。由於在親戚之中家裡住得離祖母最近，她從小就常常到那家店玩。看到活力充沛地打開門走進來的孫女，祖母總是會從店內的長板凳上朝她微微一笑，歡迎她道：

「妳來啦，歡迎。」

店裡一片昏暗，卻滿溢著彩虹的色澤。這是從天花板垂吊下來的無數燈罩造成的。那些全都是商品，燈泡已被取下，唯有彩繪玻璃燈罩裝飾在天花板上。聽說這些是從祖母的上一代、上上一代開始，自然而然匯集到店內的物品。燈罩反射從入口旁的窗戶照進來的微光，將店內營造成如夢似幻的空間。而宛如這些燈罩的女王般，在格外顯眼的地方放著一盞立燈，有著劃出和緩曲線的植物造型，大開的燈罩上綴有蝴蝶、蜻蜓等玻璃裝飾。據聞是新藝術時期傑作的這盞立燈並未插上插頭，看起來卻總是散發著淡淡光芒，那道光就好像正在為無人使用而遭到丟棄的古物們注入新生命一樣。從陶瓷製的中國人偶、掛軸裡的水墨人物、器皿到看不出用途的古老用具，都有種彷彿在向人傾訴些什麼似的「存在」氣息。對還是個孩子的芳美來說，那裡是小小的樂園。

——古老的東西裡，一定都寄宿著靈魂喔。

她回想起祖母常常這麼說。無論是有價值或沒價值的物品，祖母都給予平等的愛。芳美每次到這家店時，也很喜歡把玩失去用途的門把或壞掉的玩具。

或許是因為這種幼年時期的經驗所致，她養成了對古老文物特別感興趣的性格。之所以在大學專攻民俗學，也是源自於對古老物品的興趣。

所以當她端坐在親屬會議的末席時，她非常想反對拆除吊燈堂，但最後還是無法說出口。考慮到各種狀況，不管是她或是其他親戚都不可能繼承吊燈堂。

若想經營骨董店，必須依據骨董營業法向警察提出申請，拿到營業許可。若非破產者或罪犯，誰都能拿得到這張古玩商許可證，但問題在於知識。有人來販賣骨董時，該用多少錢買下，又該用多少錢賣出？沒有鑑賞能力就做不成這種買賣。聽說祖母從年輕的時候就一面擔任這家吊燈堂的店員，一面受到曾祖父的薰陶，頂多是在大學稍微學過一點民俗學的芳美根本無法與之匹敵。

就這樣，決定關門的吊燈堂的商品將被賣掉，此時卻發生了奇怪的事件。

事情發生在為了找人鑑定留在店裡的諸多骨董的價值，從祖母持有的名冊中請來古玩商同行們的時候。芳美被拉去幫忙，因此也在現場。

「哦，這是珍品吧。這個很好。」

「這個沒有附上鑑定書，恐怕賣不了幾個錢吧。」

他們帶著專家的眼光逐個估價。有價值的物品也不少，但不出所料，超過半數都是沒價值的破爛，只能拿去資源回收。大家決定先把要丟的東西搬到店外，舅舅他們正準備把這些物品抬出去時——一陣嘎吱聲響起。

「※家鳴？」（譯註：房屋或家具毫無理由地開始晃動的現象。）

瞬間，在大學課程中聽到的詞語從腦海閃過。

舅舅他們也一時停止動作，但又判斷這大概是某種錯覺，於是再度抬起這些物品。這次換成某種嘎嗞嘎嗞的吵鬧聲響起。

「※是騷靈現象！」（譯註：具破壞性的靈異現象。）

喜歡恐怖片的表弟如此大喊。

「唔，這可麻煩了。」

這麼說著並停止作業的，是聽說與祖母交情深厚的「骨董・鈴木」的老闆。

「這是骨董在騷動啊，鈴木先生。」

「骨董商・好日庵」的店主也表示同意。

「這種事情偶爾會發生。骨董們察覺彼此即將各分西東，所以才會騷動起來啊。」

「畢竟這是充滿一子夫人感情的一家店嘛。」

舅舅他們說「哪有這種蠢事」，硬是想把東西搬出去，但家鳴變得更加嚴重，連不相信任何迷信的舅舅也終究還是投降了。

「那個，該怎麼辦才好呢？」

「這個嘛，我有認識專門處理這類問題的人，要不要由我來麻煩他出馬呢？他跟我們家是世世代代的交情，原本是歷史悠久的除魔世家，最近他重拾這項已中斷好一段時間的家業，因手腕高超而大受好評呢。」

親戚們決定聽從「骨董‧鈴木」老闆所言，拜託那個人物來驅魔。後來他們接獲鈴木老闆聯絡，說那個人正好要來這附近辦事，要他們那天把店開著。

「噯，芳美，妳可以跟我一起去嗎？」

兩天前，母親這樣問芳美。

「咦？為什麼我也要去？」

「因為妳在大學裡讀的不就是這方面的學問嗎？」

「我讀的科系的確不是完全無關，但我可沒學過驅魔的知識啊。」

「妳想想嘛，就算是鈴木先生介紹的人，要是被騙就麻煩了。妳跟我一起去聽對方怎麼說啦。」

芳美的母親是祖母一子的三女，是已經嫁到別人家的女兒，但由於她在親戚之中住得離吊燈堂最近，與除妖人見面的工作就被推到她身上。

於是，芳美這天在約好見面的咖啡店，和媽媽一起跟那位手腕高超的除妖人見面。

出門之前，她從書架上挑選出幾本有關咒法的專業書籍塞進紙袋，此外還放進抄寫了祖母日記上令人在意之處的筆記本，她想或許會派上用場。正要離開房間時，她不經意看向穿衣鏡，發現自己實在穿得太過樸素。雖然沒必要打扮得漂漂亮亮赴約，但跟別人見面時，就算稍作打扮也不會被視為裝模作樣吧。她這麼想，於是從裝飾品的盒子裡選出用印地安護符製成的項鍊。這個以地錦跟繩子編成的圓網上綴有鳥羽毛的護身符叫做捕夢網，傳說可以捕捉惡夢。接著將頭髮緊緊紮成一束馬尾後，她產生一種彷彿接下來要上陣除妖般的心情。

不過……端坐在母親旁邊，芳美沒有拿起咖啡，而是再次想著：

——為什麼是這個人？

出現的除妖人就是她昨天在電視劇裡看到的演員，名取周一。

「骨董・鈴木」的老闆引見名取之後，由於有個交換會突然舉行，他馬上就回去了。交換會就是唯有古玩商同行能參加的市集。來此之前一直保持警戒的母親也因見到名人而情緒高漲，似乎早已把吊燈堂的驅魔拋到九霄雲外。

「不好意思，如果能告訴我地點的話，接下來我想獨自進行工作。」

「咦？可是……」
「這是我一直以來的習慣。」
名取如此強調。
「沒問題，畢竟驅魔的用意只是安定人心，只要製造出『驅魔過』的事實就夠了，這樣大家都會覺得有效。」
「這樣那些怪異現象會消失嗎？」媽媽問。
「會消失的，我可以保證。妳應該也不會真心相信這種事情吧？」
名取之所以突然把話題拋向自己，肯定是因為自己露出了懷疑的表情吧，芳美這麼想。
「我覺得，呃……驅魔跟施咒都是一種用以維持群體的約定俗成。」
「哦。」
「這孩子在大學研讀民俗學喔。」
母親在旁補充。芳美之所以因名取的話而露出訝異的表情，並不是因為無法接受他的說明，她反而因為以除妖為業的當事人跟自己擁有同樣想法感到驚訝。
「該不會是這上面的大學吧？我昨天在那邊拍戲。」
「我知道。當時我的朋友很興奮。」
「這並不是偶然喔。我是為了接位在這個地區的案子，才會請人幫我安排在這附近拍攝外景的工作。」

她想著「哪個案子？」而混亂了一下，但聽起來名取似乎是為了承辦這一帶的驅魔案子，才選擇了那件演員的工作。

「那麼，可以麻煩小姐帶領我到現場嗎？至於我想問的事情，就邊走邊請教小姐吧。」

不由分說地站起身後，名取立刻拿起帳單前往收銀檯。

「那、那個、請等一下……啊，這裡由我們來付！」

母親直到最後都想一起跟到店裡去，但名取硬把她趕回去，跟芳美兩人前往吊燈堂。名取在路上再次問起芳美剛才的想法，因此芳美針對自己的論點補充說明。

「我認為驅魔跟施咒之所以生效，是因為有『就當作這種事情有效果吧』的共識。我所說的約定俗成就是這件事，群體中的成員會被強制相信這種事。也就是說，驅魔、施咒跟法律一樣，會束縛人類。」

「這麼說，妳完全不相信妖怪或幽靈引發的現象囉？」

「這個嘛……」

「這樣就行了，對普通人來說，這樣比較幸福。」

「那麼名取先生又是怎麼想的呢？你從事的明明就是這種工作。」

「我是因為這是我的工作，所以才會相信。」

她對這種說法並不滿意，感覺好像被他岔開話題一樣。

「妳說驅魔儀式會束縛人，這點完全正確。妳知道言靈這個詞嗎？」

她記得這有在課堂上出現過。

「話語中帶有靈魂的說法雖是種比喻，但確實有束縛人的力量，古人將之稱為言靈。我們這些驅魔除妖的人只是在巧妙運用這個原理罷了。」

或許該說不愧是個演員吧，他的每一句話都充滿說服力。

「可是名取先生，如果是這樣的話……」

芳美不肯罷休。

「這樣的話，若不把我們所有親屬集合起來進行驅魔儀式，不就沒有效果嗎？名取先生的言靈不是用來束縛我們的嗎？」

「這個嘛——」

名取調皮一笑，說：

「是商業機密。」

聊著聊著，他們到達了吊燈堂。打開門鎖領他進去後，名取才看店內一眼，就發出「哦」的一聲。

「我明白了，接下來就由我一個人處理。傍晚之前應該就能處理完。」

名取十分堅持，因此芳美將店門鑰匙交給他保管，約好傍晚時再見面。

當她思考該在哪裡打發時間，並開始走回車站時，有個高中生年紀的男生向她問路。這究竟是出於什麼樣的機緣巧合呢，十分令人驚訝，那個男生問的竟是前往吊燈堂的路。

「如果要去吊燈堂，在那邊左轉，沿著河往北走，很快就會到了……」

她一邊回答，一邊觀察這個男孩子。雖然他身材嬌小瘦弱，但眼神很溫柔。他帶著的貓又圓又肥，相當引人注目。

「不過那家店已經……」

「啊，我知道。我跟那家店有一點因緣。」

因緣？什麼樣的因緣啊？

「這樣啊……」

仔細一看，他手裡拿著一個信封。她瞬間困惑了一下，但覺得不可能的想法佔了上風，最後她什麼也沒說就離開了。可是仔細想想，那肯定就是那封信，也就是在吊燈堂的收銀檯抽屜裡找到的祖母的信。

那是一封沒有寄出去，一直留在祖母手邊的成謎信件。但是那照理說已經寄到原本的收件人手上了才對。

將那封信轉寄給信封正面上所寫的多軌慎一郎的不是別人，正是芳美自己，而她在前幾天收到自稱慎一郎之孫所寄來的懇切回信。信上提到慎一郎這個人已經去世，無人明白那封信的意思。透過花俏的信紙、字體以及文字風格，芳美覺得這位慎一郎之孫是個教養良好、感覺會喜歡可愛玩意兒的女孩。

這究竟是神明什麼樣的惡作劇呢？

回覆那封回信時，她有告知慎一郎之孫在吊燈堂關門前會先進行驅魔，但對方不可能知道就是今天。不管怎麼想，她都想不出一個高中男生拿著那封信，漫無目的地在今天造訪這裡的理由。

世界上難道有管理所有偶然的支配者們存在，一直玩弄著對此一無所知的我們嗎？她甚至產生了這樣的想法。

——啊，我真是個大笨蛋。

走在回到車站前的路上，芳美後悔著剛才沒有向那個男孩子問個清楚。要是當場詢問他，八成會聽到沒什麼大不了的理由。或許她會知道這個看似偶然的事件，其實是好幾個必然的串聯之下發生的「合情合理」的事情。

她走到站前的公車站。芳美原本打算在書店或咖啡店打發時間，但當她在書店前愣愣地望著這個月發行的漫畫雜誌時，忽然注意到自己的「誤會」而發出一聲輕呼。

芳美有股衝動想現在馬上折回吊燈堂，向剛才的高中生確認自己的誤會。

3

「名取先生！你為什麼在這裡？」

看到這個緣分匪淺的人，我如此大喊。

「這是我要說的話啊，夏目。」

「你看，夏目，髒東西出現了吧。」

「這也是我要說的話喔，豬貓。」

名取先生跟老師之間迸發了火花。

「我是那個，呃，來這家店辦點事。」

「哦，這可真令人好奇呢。等我的工作結束後，能慢慢講給我聽嗎？」

「你說工作，意思是說……」

他這麼一說，我想起多軌說過在關門之前，店內要進行驅魔。

「名取先生要幫這家店驅魔嗎!?」

「因為我跟這家店有一點因緣。」

「這究竟是怎麼回事……」
「在這邊講也不太好，我們到裡面去談吧。可以看到有趣的東西喔。」
「啊，不用，我……」
名取先生打開門，將我跟貓咪老師邀入吊燈堂之中。
室內一片昏暗。緊鄰入口處的右側有一扇弓形窗，但被堆積如山的木箱與舊書遮住了大半。流瀉進來的光照亮塵埃，劃出一條光的甬道。那道光又受到反射，讓悄悄佇立在昏暗店內的古玩們染上淡淡的彩虹色澤。
——啊，這跟我夢到的那個地方一模一樣。
來到這裡看過後，我才明白彩虹色澤的真面目是掛在天花板上的諸多燈罩造成的。這就是吊燈堂這個店名的由來吧。
「怎麼樣？很有趣吧？」
雖然有感受到來到夢中所見地點的感慨，但我眼中並沒有看見名取先生所說的有趣事物。
「嗯？」
看到我毫無反應，名取先生露出訝異的表情。
突然間，從沒有任何人在的方向響起嘎吱一聲。我嚇得看向那個方向，發現那裡只有損壞的柱鐘，以及堆積如山的經書與古籍。

此時換成從反方向有某種東西嘎吱作響。我心中一驚轉過頭，但依然看不到任何異狀。

「夏目？」

名取先生疑惑地歪頭。

嘎噠嘎噠嘎噠嘎噠嘎噠嘎噠嘎噠嘎噠……整家店都發出聲響。

「嗚哇！」

我不禁大喊。原來如此，這就是家鳴，或者是被稱為騷靈的現象啊。對看得見妖怪的我來說，只聽得到聲音的怪異現象是少有的經驗。我有點瞭解普通人畏怯的心情了。

家鳴冷不防停止後，這次忽然換成說話聲響起。

「又有人類來了。」

「增加了一個。」

「是除妖人的夥伴嗎？」

「怕什麼，這種瘦瘦小小的傢伙根本無法構成威脅。不過還有另一隻圓圓的、像肉塊一樣的妖怪跟他一起來了，這傢伙又是誰？」

「管你們是人是妖，若站在除妖人那邊，我等可不會手下留情喔。」

複數聲音吱吱喳喳響起。這裡不只有兩、三人，而是十人、二十人？不對，或許比這更多。唯有聲音從四面八方傳來，這個狀況比想像中還可怕。

「怎麼了，夏目？你看起來不太對勁。」
「其實我現在……」
「夏目現在看不到妖物。」
「你說什麼!?」
「對，因為一些因素。現在我只聽得到聲音。」
「這樣啊……難得可以看到這種少見的妖怪，真可惜。」
名取先生稍微露出陷入沉思的模樣。
「名取先生，請告訴我店裡到底有什麼？」
「沒什麼，只不過有一百多隻雜碎罷了。」
老師代替名取先生回答。
「一百多隻!?」
就連我也不由得嚇了一跳。
看來這家店裡聚集著各式各樣古董精怪。有被丟棄的物品經年累月吸取大地之氣而化成妖怪者，有具妖力的存在將古物當成容器寄宿其中者，有像文字妖一樣，把古玩當成巢穴棲宿其中者——無論成為妖怪的原委跟來到這裡的經過都有所不同的各種妖怪在吵吵鬧鬧。不過這麼狹小的店裡竟然有一百多隻妖怪，到底會是什麼樣的景象啊。

「主人。」

突然間，熟悉的聲音在近處響起。

「聽這聲音，妳是柊？」

「原來夏目也來啦。你怎麼了？我在這裡。」

我一看，發現一個小壺孤零零地飄浮在半空中。

「嗚哇！」

「我們也在喔，夏目。」

「若你是為了妨礙主人而來，我可不會放過你。」

這是笹後跟瓜姬的聲音。

「除妖人的式神回來了！」

「也出現了新面孔。她們把同伴帶來了。」

「看！她手上拿著一個東西。」

「是壺，是封印之壺啊。」

「那是用來封印我等的嗎？」

「可惡的除妖人犬輩！」

四周的妖怪吵嚷著。從聲音也能聽得出來這裡有著男女老少、形形色色的妖怪。

「辛苦了，這樣就能工作了。」

名取先生拿起飄浮在空中的小壺。壺的大小恰可置於掌心，上面蓋著蓋子。

「這是施加封印妖怪的咒語後燒製而成的壺，是我叫柊從我家倉庫拿來的。夏目你知道『壺中天』這個詞嗎？」

「壺中天？」

「就是指壺中的另一個世界。你就想像成壺中有個像不同次元或是平行的世界就行了。世界上有著存有那種世界的靈力之壺，這也是其中之一。」

「你打算把這裡的所有妖怪都封印在這裡面嗎？」

「我不會讓你出手干預喔，夏目。這是我的工作。」

「滾回去，你這除妖人！」這是男性妖怪的聲音。

「我等不會受到那種東西封印！」老人的聲音。

「區區人類，真是不知天高地厚。」女人的聲音。

「看我反過來把你們吃掉！嗚吼吼吼！」這是野獸的聲音嗎？

「可是為什麼？他們有傷害過人類嗎？」

「就算他們沒有那個意思，有時還是會對人類造成危害。除去這種妖怪也是除妖人的工作啊，夏目。」

「哼，這裡有這麼多妖怪，哪有可能輕易被你封印。」男妖說。

「我們也不會乖乖被你封印！嗚吼吼吼！」野獸說。

「不想受傷的話，就快點滾回去！」女妖說。

「一定是只有嘴巴厲害而已。當今有那種能力的除妖人已經不多了。」年老妖怪說。

我慢慢能根據聲音的方向辨認出是哪個骨董在說話。

「那就讓我試試看做不做得到吧。」

名取先生一臉輕鬆地宣言後，從口袋裡拿出幾張式神紙人。

「請等一下，名取先生！」

我馬上想阻止他。就算阻止了也不能怎麼樣，而且名取先生的想法或許更為正確。雖然這麼想，但我就是沒辦法不去阻止。

「哦哦？這個小鬼要站在我們這邊嗎？」從※柿右衛門的大盤子傳出男性的聲音。（譯註：江戶時代著名陶藝家，創下在獨特乳白底色畫上紅色系彩繪的風格，後代傳人皆繼承其名。）

「怎麼可能有這種事。我等一下就先從那傢伙開始吃起。」從石獅子擺設傳來野獸的聲音。

「哎呀，仔細一看，是位可愛的小弟弟呢。」陶瓷中國人偶傳出女性聲音。

「就算他站在我等這邊，瞧他瘦弱成那樣，看起來也派不上用場啊。」達摩掛軸這麼說。

「放棄吧，夏目。就算幫助這些小嘍囉，也不會有任何好處喔。」老師說。

「正如他所說，你阻止我也沒用。雖然我很在意夏目來這裡的原因，但我有種聽過後會演變成麻煩事的預感。我可不希望對工作造成障礙，所以先讓我把事情辦完吧。」

說完，名取先生「咻」地將式神紙人射向四方。式神紙人貼到門、窗戶、天花板的通風口、通往店鋪後方的紙拉門上，製造出結界。

「笹後、瓜姬、柊！保護結界。」

「是。」

我感覺到原本近在身邊的名取先生的式神四散到周圍。

「給我住手喔喔喔！我絕對不要進到那種壺裡啊啊啊啊！」柿右衛門大吼。

「哎呀，這裡面出乎意料地很舒適喔。雖然我沒有進去過就是了。」

微微一笑後，名取先生將小壺放到泥土地板正中央，接著唸起咒語。

「給人類帶來災害的妖怪們啊，順應萬物天理，回歸黑暗之中！」

周圍響起「呀啊——」的慘叫。雖然看不見發生了什麼事，但我知道上達百隻大小各有不同的妖怪正在抗拒著不願被吸進壺中。所有古物都嘎噠嘎噠地劇烈晃動。

感覺好像一切都會在瞬間結束，然而這卻被發生在我身上的異常變化阻止了。這是因為我被文字妖附體的雙眼開始陣陣作痛。

「嗚哇，好痛！」

我不禁摀住雙眼，當場蹲下。

「夏目？」

名取先生的注意力也立刻轉移到我身上。

「怎麼了，夏目！」

「嗚唔，我的眼睛！」

一股感覺就好像眼睛快飛出去般的劇痛竄過。我蹲了下來，跟眼前的石獅子擺設四目相交。

「哦哦，這可真有趣。這個小鬼的眼睛裡飼養著文字妖啊。」

「什麼，文字妖!?我沒聽說過這種妖怪會附身在人身上。」掛軸說。

「他可不是自願養的喔，是這個呆瓜粗心大意到讓這種東西跑進眼睛。」

老師說得彷彿事不干己。

「老師，你也太不負責任……嗚哇，好痛！」

看來文字妖在依舊貼在我眼睛上的狀況下遭到咒語拉扯。

「夏目，你還好嗎！」

名取先生停止施咒，跑到我身邊。

「就是現在，敵人退縮了！」

反擊的吶喊聲轟然作響，原本裝在收納盒裡的玻璃扁珠朝著名取先生飛來。肯定是小妖怪們丟過來的吧。

「哇！」

「主人！」

柊她們的聲音響起，玻璃扁珠在砸到名取先生之前就落到地上。

「保護好結界！」

名取先生的聲音響起前，式神紙人的結界就被打破，紙人劈哩趴啦地落到地上。

「糟了！」

在這種狀況下，壓倒性的數量更具優勢。到處有玻璃扁珠、將棋棋子跟圍棋棋子等朝我跟名取先生飛來。

「嗚哇，給我住手，小嘍囉們！竟敢這樣對待高貴的我！哎喲好痛！」

面對來自四面八方的攻擊，老師看起來也窮於應付。

「聽好了，各位！我們的同伴文字妖就在那個小鬼的眼中，把念力傳給他們！」

我聽到掛軸老人的聲音。下個瞬間，跟剛才無法比擬的劇痛從眼裡竄過。想來文字妖得到超過百隻的妖怪們的妖力後，正在到處胡鬧。

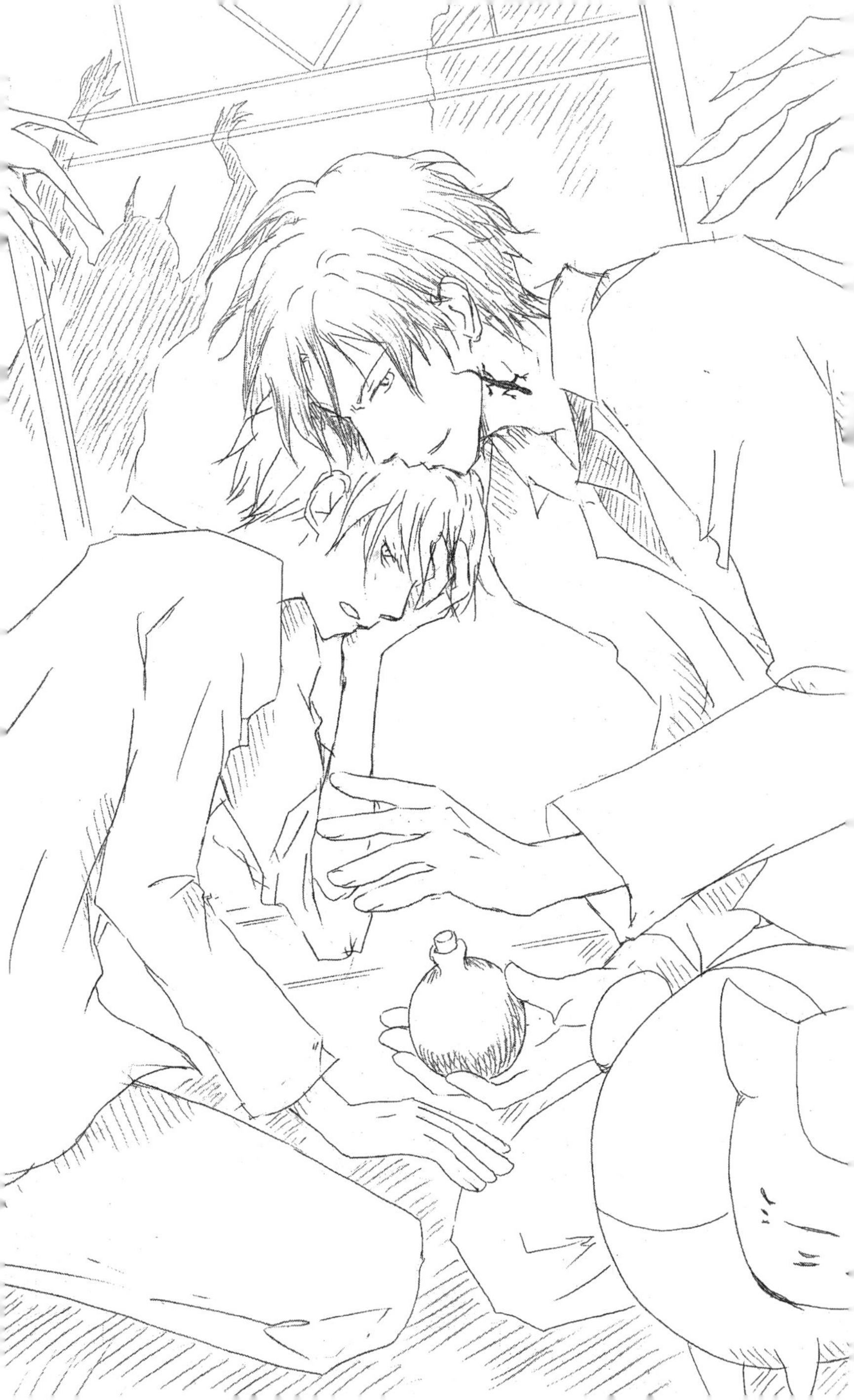

「嗚哇！」

我雙手支地，痛苦掙扎。就在這時候，雖然我絕對不是有意為之，但當我為了求助而伸出手的瞬間，一不小心就猛然將名取先生的壺弄倒了。小壺不幸撞上骨董椅子的椅腳，發出「啪鏘」一聲破碎。

「啊！」

我跟名取先生同時驚呼。

「沒辦法，先暫時撤退吧，夏目。」

名取先生扶起我，往入口走去。

「不要再來了，人類。要是你們下次再來這裡，我們無法保證那個小鬼會發生什麼事喔。」

陶瓷中國人偶的話在背後趁勢追擊。

名取先生打開門，把我跟老師推出去後，轉身望向店內。

「其實我可以不用把你們封印在壺中，而是現在就在這裡讓你們魂飛魄散。我之所以沒那麼做，是因為你們並沒有對人類造成那麼大的危害。要是你們傷害到我重要的朋友，到時候我可不會輕饒喔。」

對妖怪們斬釘截鐵地如此宣言後，他「砰」的一聲關上門。

「呼，倒楣透頂。喂，夏目，我現在就去把他們一口吃掉，你等我一下。」

我們走出店門稍事喘息時，老師馬上憤慨地說。

「住手啦，老師。」

名取先生鎖上門，輕輕嘆了口氣後看向我。

「夏目，你眼睛不會痛了嗎？」

「啊，對……對不起，我把那個壺……」

「來，讓我看看？」

名取先生把臉湊過來，凝視我的眼睛。

「唔，你的眼裡養了奇怪的東西呢。」

「我並不是自願養這些東西的，可是發生了一點意外。」

「真令人頭痛，也就是說若想強行除去，就會變成剛才那樣啊。這是怎麼回事？」

名取先生罕見地露出認真的神情，表達出對我的擔心。

「喂，夏目，就這樣撤退果然還是讓人很不爽。吃掉雜碎並不符合我的喜好，但我要去把他們全部吃掉，這樣那邊那個小子的工作也能獲得解決，不是很好嗎？快把門鎖打開。」

「所以我就叫你住手了嘛！」

「我也要拜託你，豬貓。要是你在那間狹小的店裡以本來的姿態抓狂亂鬧，店面會全毀。雖說半數都是要丟資源回收的物品，但剩下的另一半對人類來說是有價值的商品。用不著你擔心，我也會自己解決自己的工作。」

「可是那個壺……」

「是啊，傷腦筋。那個壺也價值不斐呢。雖然店裡幾乎都是小妖怪，但能封印住百來隻妖怪的壺並不多。」

「那個……如果是我賠得起的東西，我想賠償你。」

「哈哈，你不用擔心這種事，不過需要花一段時間來準備備用的壺呢。」

「主人，這樣的話……」

是柊的聲音。

「嗯，可以再麻煩妳回去幫我拿來嗎，柊？」

「遵命。」

「主人，我們該做什麼？」

「笹後跟瓜姬在這裡監視。我們要去散個步。夏目，在柊回來之前，把你的眼睛的事情以及來到這家店的理由說給我聽吧。有沒有哪個地方可以坐下來好好談話？」

「若是這樣的話，我知道一個好地方喔。」

老師發出聽起來很開心的聲音。

由於貓咪老師的提案，我們前往來時路上看到的河對岸甜點鋪。

「不好意思，客人……能否麻煩您不要把動物帶進店內呢？」

「啊，很抱歉！」

結果老師無法進入店內，我只得請他在店外等。

「我一定會幫老師也外帶一份的。」

在他耳邊悄聲說後，老師不情不願地答應，信步走回我們剛才經過的橋的方向。

「那麼，究竟有什麼樣的前因後果，才會導致你在眼中飼養妖物呢？」

對著津津有味地將※餡蜜送入口中的名取先生，我扼要地說明來龍去脈。我告訴他已去世的吊燈堂老闆，他的孫女，寄來一封寫給我朋友的祖父的信，而我一打開那封信，妖怪就鑽進眼睛裡，之後我開始做奇妙的夢。（譯註：一種放有蜜豆餡的日式甜點。）

「我認為文字妖想回到那家店裡，所以我猜想只要去那家店，或許他們會離開我的眼睛。」

「原來如此啊。」

名取先生用力嘆氣後，他說：

「果然啊，要是我沒問就好了。看來就如同我剛才所說，演變成麻煩的狀況了。」

「抱歉……」

「現在那個叫文字妖的小妖怪待在夏目的眼睛裡，這被妖怪們當成阻止自己被封印的王牌。就算文字妖想離開夏目你的眼睛，他們八成也會像剛才那樣傳送念力來加以妨害吧。」

「唉。」

我也跟著嘆氣。

「可是夏目你自己怎麼想？」

「咦？」

「對夏目來說，這個狀態會造成你的困擾嗎？」

「這……」

「要是能變得看不到那種東西就好了。夏目你難道不曾有過這樣的願望嗎？」

我心中一凜。名取先生也一樣，是抱持著與我相同的煩惱，跨越那些障礙生活至今的人。

「以前我也曾經這麼想過，可是現在——」

「現在？」

「現在我已經知道他們是真的存在，也明白我跟他們之間能夠心靈相通。所以……」

「看吧，果然很麻煩。」

「咦？」

「其實只要麻煩夏目你直接回去，由我一個人重新封印那些妖怪就行了。但是這樣那家店就會被拆毀，文字妖將一直棲息在夏目你的眼裡吧。」

「……」

「實際上也有真的變成那樣的可能性。要是時機稍有差錯，夏目晚來一天，不對，晚來一個小時的話，早就變成那樣了。」

他說的沒錯。我就算去到所有妖怪都已被名取先生封印、妖氣已然消失的店裡，文字妖也絕對無意離開我的眼睛吧。

「如果命運注定如此，那也只能照單全收，就跟我的蜥蜴斑痕一樣。所以說，如果夏目現在能稍微改變想法，覺得維持這個狀況也沒關係，這樣我的工作就輕鬆了。只要你能認為保持這種狀態就再也不用看到討厭的妖怪，那就好辦了。」

我沉默了好半晌。

這是我來到這裡之前就想過無數次的問題。就算我比名取先生還早到達吊燈堂，也無法保證文字妖會順我的意就此離開。往後我或許會一直維持這個狀態。我有辦法接受這樣的現實嗎？

「總而言之……」

看著陷入沉默的我，名取先生彷彿想轉換心情似地說：

「這也要建立在文字妖往後不會對夏目你造成危害的前提下。畢竟實際上並沒辦法保證事情真那麼順利呢。沒辦法，既然如此，就只能改變作戰方式了。」

「改變作戰方式？」

「是啊。就是要跟他們好好談一談。」

微微一笑後，名取先生用湯匙舀起最後一口餡蜜，吃得一乾二淨。

買了外帶的甜品當成給貓咪老師的伴手禮後，我們走出甜點鋪，卻找不到老師的身影。我跟名取先生過橋走回吊燈堂，發現老師的確在店鋪前，但並非只有他自己，身旁還有一位女性。那位女性撫弄著老師的下顎，老師也一臉心滿意足地發出咕嚕咕嚕的喉音。

「啊……」

注意到我跟名取先生走過來，女性起身看向我們。

「咦？妳怎麼在這？」

名取先生也露出意外的表情。

我也因為看到那個人而嚇了一跳。穿著飽經磨損的牛仔褲，綁著馬尾，手上拿著紙袋的那個人，就是在來這裡的路上被我問路的女性。

「妳是……」

「我是佐古芳美。」

「啊！」

我不禁發出一聲叫喊。

「你果然知道這個名字吧？」

我知道。這就是把信寄給多軌的那個人的名字，也就是這家店的老太太的孫女。

「你該不會就是……」

這次換那位女性看著我的臉這麼說。

「嗯？」

「多軌……多軌透吧？」

「咦!?」

名取先生偷笑了起來。

「你剛才拿的那個信封，就是我寄過去的那封家祖母寫給令祖父的信吧？」

「啊，對……是這樣沒錯，不過……」

「我還以為你肯定是個女生呢，因為你用那麼可愛的信紙回信。不過仔細想想你的名字叫做透，當然是個男生對吧？」

「不對，不是的……我……」

看見我慌亂不已，在一旁看好戲的名取先生更提供了無謂的幫助：

「是啊，他是我的優秀助手多軌透。」

「名取先生！」

4

折回吊燈堂的路上，芳美每次回想起自己的「誤會」就會噗哧一笑。

——對啊，畢竟對方叫做透，那個人不見得是女生啊。倒不如說，這根本是個較常用於男生的名字。

若他是多軌慎一郎的孫子，這樣就說得通了。看到自己寄過去那封祖母寫的信，進而產生興趣的多軌透想在店收起來前來看一看，才會造訪這個小鎮吧。

——不過若是這樣的話，要是先聯絡我，我就能幫他帶路了啊。

一邊思考著有點近似怨言的想法，她一邊快步走回學生比往常少的星期日的街道上。

現在那個演員除妖人應該正在吊燈堂進行祕密驅魔。那位少年碰上那種場面後，究竟發生了什麼事呢？而名取周一看到少年後，又會有什麼反應呢？

好奇心在她腦裡打轉。

一方面想到若唯有那位叫多軌透的少年，得以見到連她都無法獲准參觀的驅魔儀式，她也有種不公平的感覺；另一方面她也期待若是名取周一的話，說不定能解開那封信的謎團。

來到之前碰到少年的轉角時，不安的心情忽然湧現。名取周一堅持獨自進行驅魔，她擅自回去的話，名取會不會因為儀式受到打擾而生氣呢？

芳美因猶豫而稍微放慢腳步，但最後還是好奇心佔了上風。她在街角轉彎，沿著盡頭處的河川往北走。到了。一來到吊燈堂的門前，她就悄悄從弓形窗窺伺裡面。

弓形窗前堆著古老文獻與木箱，只能從隙縫往裡看，但店內沒有人的氣息。

她輕輕伸手握住門把試著轉動，但門被鎖住了。

——已經結束了嗎？

她不安地想，難道自己跟名取錯身而過了？

若驅魔儀式已經結束，名取或許已經回到車站前。那位少年現在怎麼了呢？

不管名取的驅魔儀式多早結束，少年到達時，名取照理說還在店裡才對。他有沒有請名取讓他進吊燈堂裡看看呢？還有，看到與自己的祖父有過奇妙的魚雁往返的對象曾存在的場所，他有什麼感想呢？

芳美在門前呆立了片刻，但正當她猶豫地想，一直站在這邊也不是辦法，該回去還是該怎麼辦的時候，一個宛如圓滾滾的豬的物體大搖大擺地穿過種有成排柳樹的步道走過來。

——那是……

她沒花多少時間，就想到那是多軌透少年帶來的寵物。無論是額頭上的雙色斑紋、充滿特色的眼睛、掛在脖子上的鈴鐺，以及最重要的是牠的體型，都讓人光看一眼就不由得留下強烈印象。

慢悠悠地晃到吊燈堂前來的貓，用彷彿在說「這傢伙是誰啊？」的眼神仰望著她。

——是貓……沒錯吧？

仔細一看，牠長著一張妙不可言的有趣臉孔，就連宛如倒過來的娥眉月般的眼睛都讓人感到可愛。芳美小心翼翼地伸出手。

「過來過來，乖喔。你的主人到哪裡去了？」

貓咪瞬時發出抗議似的低吼，但芳美一撫摸牠的下巴，牠就因無法抗拒的舒適感而渾身放鬆，感到很舒服似地發出咕嚕咕嚕的喉音。

——什麼嘛，這傢伙或許意外地很可愛呢。

就在她這麼想時，突然聽到腳步聲。她起立回頭看。

「啊……」

她尋找的兩人就在那裡。

「咦？妳怎麼在這？」

名取周一露出訝異的表情看著芳美。

芳美向少年報上名字後，他做出對這個名字有印象的反應。她抱著確信詢問他：

「你該不會就是……」

「嗯？」

「多軌……多軌透吧？」

少年不知為何露出張口結舌的表情。

距此數分後，芳美、名取跟多軌透少年促膝坐在吊燈堂後頭的日式客廳中。

根據名取的介紹，多軌似乎是他的助手。假設不是他隨口說說的話，這真是太湊巧了。芳美不禁再次遙想起這個世界的因緣巧合之奇。

名取介紹過少年後，他說「在這裡講話不太方便」，提議到店鋪後頭的日式客廳詳談。由於沒被趕回去，芳美暫時鬆了口氣。

「因為妳的意見或許能派上用場。」

他如此說明。

打開店門前，多軌透對名取小聲抗議了些什麼，名取似乎也有回應他，但她完全聽不到談話內容。

打開門進入裡頭時，店內瞬間到處嘎噠嘎噠作響。之前的騷靈現象又發生了。

「呀！」

「安靜！」

名取以銳利的聲音喝止。芳美還以為這句話是對自己說的，不由得摀住嘴。當她環顧店內，這才發現騷靈現象也彷彿聽從名取所言般靜止了。仔細一看，店裡貝紋陀螺、圍棋子等各式各樣的物品散亂於各處，明顯比今天最早跟名取一起來到這裡時雜亂許多。

「我們是為了談話而回到這裡的喔。」

「談話……嗎？名取先生跟透要商量事情嗎？」

「呵呵，哎，差不多啦。在這之前……」

名取環顧店內一周。

「在這些古玩之中，哪一個待在店裡最久？」

「咦？不知道耶，我並沒有這方面的知識……」

當芳美不知所措時，名取在店內的狹窄通道上走來走去，最後拿起達摩掛軸。

「原來如此，是這位達摩先生啊。那麼你就當代表吧。」

說著，他將畫遞給助手多軌透。

「你說的代表，是什麼東西的代表……」

「別管了，到裡面去吧。走。」

名取沒有回答芳美的問題，催她到裡面去。少年飼養的貓一副唯我獨尊的模樣，率先前往後頭的房間。

店鋪後方原本是祖母的起居空間，但現在家具已經全被收拾乾淨，變得一片空蕩蕩。有別於店裡的骨董，放在這邊的物品們似乎很聽話。

「你把達摩掛到那邊吧。笹後跟瓜姬留在那邊看店。」

指示助手少年將剛才交給他的掛軸掛到牆壁上後，名取一邊拉上隔離開店鋪與房間的紙門，一邊命令般地對某人這麼說，但芳美並不明白他的意思。

在連坐墊都沒有的日式客廳中，芳美跟名取面對面坐下。多軌透一副無事可做似地坐在名取身旁。少年叮囑端坐在房間最深處的醜貓說：

「拜託你安分一段時間喔，貓咪老師。」

之後那隻貓就開始吃少年買來當伴手禮的河對岸甜點鋪的水羊羹。芳美還是第一次看到能這麼靈巧地吃水羊羹的貓。

「那個，透小弟真的是名取先生的助手嗎？」

「是啊，他很優秀喔。至今為止，他幫了我好幾次忙。」

「名取先生！」

「那麼，透小弟今天之所以會來，也是因為名取先生嗎？」

「不，這倒不是。他今天會來到這裡完全是個偶然，我也嚇了一跳，所以才會暫時停止驅魔，聽聽他來這裡的原因。」

名取又接著補上一句話：

「看來我跟他很有緣分啊。」

「那麼，透小弟為什麼會來這裡呢？」

「這是因為……我想來看這家店一眼。」

「若是這樣的話，你可以先連絡我一下啊。」

「很抱歉。」

「啊，我不是在生氣喔。我很感謝你把我祖母的信放在心上。不過要是你有先連絡我，我就能去接你，也能帶你參觀店內。」

「我只是臨時起意，想說從外面看一眼就好……不過我當時應該先通知芳美小姐一聲才對。」

「他還是個孩子，請妳原諒他。」

名取先生帶著愉快的語調這麼說，並摸了摸少年的頭，結果少年露出真心感到嫌棄的表情。

「那麼，我們開始好好談吧。首先，我想問骨董們騷動的理由。」

聽到名取突然提起這件事，芳美倉皇失措。

「咦，可是，我不知道有什麼可以說的……」

當她窮於回答時，多軌少年忽然插嘴：

「骨董超過半數都會被當成大型垃圾處理？」

「啊，對。不過你為什麼會知道？我想我並沒有寫在信上。」

「因為回到這裡之前，我有跟他說過。你老是會突然想起事情來呢。」

名取一臉無奈地瞪過去後，少年惶恐地說：

「不好意思。」

他如此道歉。

「芳美小姐，能再說明一次給他聽嗎？這裡的古玩超過半數都會被當成廢棄品處理對吧？」

「對。我們請信譽良好的骨董商同行們前來鑑定，由他們收購有價值的物品，但是值錢的只有一半不到。剩下的東西沒有地方可以保管，所以舅舅他們說大概只能拿去資源回收了。」

「若是這樣的話，他們會……」多軌少年向名取詢問某件事。

「這要視物品而定。就算都是廢棄品，處理方式也各有不同。」

聽到名取的回答，少年思考一會兒後，語帶寂寥地低語：

「這樣啊……無論如何，大家最後都會天各一方。」

「所以我不是說過了嗎，對他們而言，一起住在我的壺裡還好太多了。」

名取跟多軌透進行著芳美無法理解的對話。

「那、那個，名取先生該不會認為骨董們是因為不想被處理掉才會產生騷動吧？」

「這看來是理由之一……不過原因似乎不僅止於此呢。」

名取看起來好像朝掛軸裡的達摩望了一眼。

「這是什麼意思？」

「他們好像想全部一起繼續留在這家店裡一段時間。」

「留在這裡？」

此時，多軌少年問她：

「這裡感覺上是個待起來很舒適的地方呢。」

「是啊，非常舒適。我從小就很喜歡來這家店。我想兩位也都有看到吧，燈罩反射著從窗戶照進來的光，這個景象看起來充滿幻想氣息……」

說到這裡，芳美忽然醒悟過來，向少年問清楚：

「你說的『舒適』指的是對這些骨董而言的意思嗎？」

「啊，對。」

在這裡的是除妖人以及其助手，他們的發言從頭到尾都是以文物中棲宿著靈魂為前提。芳美對自己的誤會感到有些難為情，仔細思考過後，她回答他的疑問：

「我不知道物品中是否存在著靈魂；就算有靈魂，我也不知道他們對這家店有什麼想法。不過祖母一視同仁地愛著每一項商品，對這些物品十分重視。」

「原來如此，我可以清楚明白骨董們都傾慕著芳美小姐的祖母。」

名取先生先點了個頭，然後說：

「不過那位老太太已經去世，再也不會回來了。」

他停頓了一下。

「既然如此，留在這裡也沒有意義吧。」

名取先生又加上這句話。

沉默持續了好一陣子。芳美覺得名取跟多軌透簡直就像一直在跟不同次元的世界交談，自己則被撇到一旁不管。此時，多軌少年又冷不防地說：

「直到結果出現為止，都不會離開這裡……」

「結果？」芳美問。

「不愧是我優秀的助手呢。你想說骨董們一直在這裡等待某件事的結果，所以才不想離開這家店對吧。真是出色的推論。」

「咦？啊，沒有啦……」

助手害臊地低下頭。

「的確，你的猜測或許正中紅心了呢。我想想喔，會不會是某種比賽的結果？芳美小姐，令祖母曾經在這家店裡玩過什麼賭博或遊戲嗎？」

話題也太跳躍了吧，芳美想。他的意思難道是，祖母以前獨自在這家店玩遊戲，但沒有分出勝負，古玩們因此不願離開這裡？可是祖母不喜歡賭博，雖然在兒孫齊聚時會陪著玩撲克牌，但她不曾見過祖母玩其他遊戲。芳美無法想像她會獨自玩這些東西。

「賭博或遊戲嗎……不，我想應該沒有。我到這裡時，祖母總是在讀舊書，或是聽收音機……」

「那麼撲克牌或將棋、西洋棋之類的呢？」

「店裡有古老的將棋棋盤跟圍棋棋盤，但是祖母本人也說過，她知道的頂多只有移動棋子的規則，還有開始跟結束遊戲時的規定。」

「這樣啊……」

「啊，不過——」

芳美突然想到一件事，因而看向多軌少年。

「那封信該不會是……」

「啊，那個啊。」

少年似乎也注意到了。

「妳說的是導致我的助手小弟來到這裡的那封信嗎？」

「我的祖母與多軌同學的祖父之間有過奇妙的信件交流，名取先生也聽說過嗎？」

「我剛才聽說了，不過還沒看到實物。」

說完，名取向助手下令：

「給我看看，助手小弟。」

看到多軌透攤開的信，芳美不禁發出一聲輕喊。那個彎彎曲曲、無法解讀的文字已從紙上消失，上頭出現漢文數字與簡短的一句話。

「為什麼……」

「妳是因為文字消失而感到驚訝吧。哎，這八成只是一點小戲法。」

仔細一看，彎彎曲曲的文字消失後的痕跡留下了濃沉的污漬。

——該不會跟加熱就會浮現墨水相反，這是用一旦受到強光照射就會消失的墨水所寫的文字吧？

對於名取的話語，芳美是這樣理解的。

「不過最後還是搞不懂這些文字的意義……」少年說。

「唔，十四　之　九啊。接下來這句話也因為污漬而無法閱讀，光靠這幾個字根本搞不懂是什麼意思呢。這跟剛才提到的某個比賽的『結果』有關係嗎？」

名取彷彿在詢問某個人似地這麼說，過了一會兒後……

「……哼，來這招啊。」

他嘀咕，好像聽到了什麼回答一樣。

「看來這家店出現家鳴的原因，跟這封信有關呢。」

他這麼說。

5

唉，為什麼會變成這種情況呢？在吊燈堂的日式客廳裡，我坐在名取先生旁邊，心裡這麼想。

沒想到我會以多軌透的身分坐在這裡。要是多軌知道的話，真不知道她會怎麼說。

「名取先生，你為什麼要說那種話啊！」

進入店裡前，我對名取先生小聲如此抗議。

「因為說明起來會很麻煩吧？」

這倒是沒錯。我之所以沒有請多軌聯絡就來到這裡，原本就是因為相當難以說明來此造訪的理由。話雖如此……

打開門走進去時，店裡到處嘎噠作響，看來妖怪們正在鼓譟。

「呀！」

「安靜！」

名取先生用銳利的聲音喝止妖怪們。

「滾回去滾回去！」

「又想吃苦頭了嗎，小鬼！」

「我們可不會離開這裡喔！」

妖怪們七嘴八舌地大罵。

「我們是為了談話而回到這裡的喔。」

「談話？……意思是說，你打算傾聽我們的想法嗎？」

「呵呵，哎，差不多啦。在這之前……」

名取環顧店內一周。

「在這些骨董之中，哪一個待在店裡最久？」
「那就是咱了吧。」
達摩掛軸回答。
「原來如此，是這位達摩先生啊。那麼你就當代表吧。」
「好。你們就交給咱吧。」
「沒問題嗎，老爺子！」
「別被人類騙囉！」
名取先生將掛軸交給我。
「別管了，到裡面去吧。走。」
他這麼說著，並催促困惑的芳美小姐進入店後頭的日式客廳。
「你把達摩掛到那邊吧。笹後跟瓜姬留在那邊看店。」
命令式神並關上紙門後，他在客廳中央彎身坐下。我把外帶的水羊羹交給坐鎮在房間最裡面的老師然後說：
「拜託你安分一段時間喔，貓咪老師。」
如此囑咐後，我坐到名取先生旁邊。
「那個，透小弟真的是名取先生的助手嗎？」

被她用多軌的名字稱呼，感覺真是不自在。我被芳美小姐問到來這裡的理由，我找了個牽強的藉口，結果又被名取先生挖苦「還是個孩子」。

「那麼，我們開始好好談吧。首先，我想問骨董們騷動的理由。」

名取先生面向達摩，切入正題。

「哼，我們超過半數都會被當成大型垃圾處理，哪能忍氣吞聲啊。我們的價值被低估可就傷腦筋了。」

達摩相當有代表的風範，一副想說「這是為了守住妖怪的尊嚴」似地回答。

「骨董超過半數都會被當成大型垃圾處理？」

「啊，對。不過你為什麼會知道？我想我並沒有寫在信上。」

糟糕。芳美小姐聽不到達摩的聲音。

「因為回到這裡之前，我有跟他說過。你老是會突然想起事情來呢。」

「不好意思。」

多虧名取先生的配合，才勉強蒙混過關。聽芳美小姐說明骨董們的未來後，我問名取先生：

「若是這樣的話，他們會……」

他們究竟會變怎麼樣呢？

「這要視物品而定。就算都是廢棄品，處理方式也各有不同。」有的會被掩埋，有的會被解體，若無法接受這樣的命運，就必須離開這裡尋找其他憑依之物。

「我等來到這裡的時期，就已經盡是遭到丟棄或是無人使用的物品了。事到如今，我們不會為自身的不幸而哀嘆。不過同為有緣來到這裡的妖怪，我們現在已成好友，卻即將天各一方，實在很寂寞啊。」

「這樣啊……無論如何，大家最後都會天各一方。」

「所以我不是說過了嗎，對他們而言，一起住在我的壺裡還好太多了。」

他說的肯定沒有錯。名取先生的法術會將妖怪的身體從古玩上扯下，強行封印進壺裡。雖然這意味著會剝奪他們的自由，但他們可以待在一起。

「但是老實說，無論是何者都沒有差別。」

達摩做出意外發言。

「既然依附於物品上，大家都已做好接受物品命運的覺悟。但是，我等還不能離開這裡。」

——？

「那、那個，名取先生該不會認為骨董們是因為不想被處理掉才會產生騷動吧？」

芳美小姐這麼問。

「這看來是理由之一……不過原因似乎不僅止於此呢。」

「對我等而言，這裡是個有如樂園的地方。」達摩說。

「他們好像想全部一起繼續留在這家店裡一段時間。」

「留在這裡？」

芳美露出愣住的表情。

「這裡感覺上是個待起來很舒適的地方呢。」我問。

「是啊，非常舒適。我從小就很喜歡來這家店。我想兩位也都有看到吧，燈罩反射著從窗戶照進來的光，這個景象看起來充滿幻想氣息……」

說到這裡，芳美小姐忽然領悟過來，問我：

「你說的『舒適』指的是對這些骨董而言的意思嗎？」

「啊，對。」

芳美小姐仔細思考過後，如此回答：

「我不知道物品中是否存在著靈魂。就算有靈魂，我也不知道他們對這家店有什麼想法。不過祖母一視同仁地愛著每一項商品，對這些物品十分重視。」

「原來如此，我可以清楚明白骨董們都傾慕著芳美小姐的祖母。不過那位老太太已經去世，再也不會回來了。」

「我等也瞭解這點。一子是個善良的人類。她看不見我等的身影，但她簡直就像可以感受到我們的存在一樣。多虧有她，這裡才會成為我等這些遭到丟棄物品的樂園。可是……」

達摩的聲音中帶著更深一層的悲傷。

「一子已死，那些快樂的日子再也不會回來了。」

「既然如此，留在這裡也沒有意義吧。」

「啊啊，除妖人啊。只要辦完一件事，我們就會乖乖讓你封印。但是直到結果出現為止，我等都不會離開這裡。」

「直到結果出現為止，都不會離開這裡……」

我不由得複述達摩的話語。

「結果？」

「不愧是我優秀的助手呢。你想說骨董們一直在這裡等待某件事的結果，所以才不想離開這家店對吧。真是出色的推論。」

「咦？啊，沒有啦……」

我又犯了。

「沒錯，就是比賽的結果。」

聽到達摩這句話，名取先生詢問芳美小姐祖母是否玩過什麼遊戲。芳美小姐表示她沒有頭緒後，又忽然想起似地說：

「那封信該不會是……」

「啊，那個啊。」

我也想到了。

看到我攤開的信，名取先生也陷入苦思。

「唔，十四　之　九啊。接下來這句話也因為污漬而無法閱讀，光靠這幾個字根本搞不懂是什麼意思呢。這跟剛才提到的某個比賽的『結果』有關係嗎？」

「連這種事都不懂嗎，你這無能的傢伙。你自己去找找看吧。若能找到答案，就由你來替這場勝負畫下句點。這樣的話，我等也會欣然接受你的封印。」

「……哼，來這招啊。」

名取先生接受了達摩的挑戰。

「看來這家店出現家鳴的原因，跟這封信有關呢。」

他對芳美小姐這麼說。

6

芳美被出乎意料的發展嚇了一跳。沒想到祖母的信竟然跟這家店的家鳴有關。

「芳美小姐，寫下這封信的一子夫人是個什麼樣的人？請妳盡量詳細告訴我們。」

「我祖母嗎？對我們來說，她是個非常溫柔的外婆。」

「她在哪裡出生的？」

「就是在這個家。這裡原本是由我的曾祖父經營。祖母自幼就一直幫忙看店，所以才會變得很瞭解骨董。」

「她是什麼時候結婚的？」

「我記得……是二十三歲左右。」

面對名取連珠炮似的問題，芳美扳著指頭計算後如此回答。

「祖父是個與古董完全無關的普通上班族。他在學生時代對這家店的活招牌，也就是對祖母一見鍾情，頻繁上門追求後得到首肯，入贅到我們家。家母曾經告訴我，雖然祖父的競爭對手很多，但祖母是獨生女，因此能達到『願意入贅』這項條件的祖父便得到她的芳心。祖父在我出生前就過世了，聽說他們是一對感情相當和睦的夫妻。」

「那麼，除了骨董的知識以外，令祖母有受過其他教育嗎？」

「我想應該沒有。一方面大概是因為祖母在經營這家店的同時，還要養育舅舅、阿姨跟家母，過得十分忙碌，但另一方面也是因為她的生活基本上受到這家店束縛……甚至除了前往骨董市集與交換會以外，我不曾聽說過她出門旅遊……我想她應該度過了平凡而平穩的一生。」

「這樣啊……」

名取沒有得到線索，陷入沉思。

「不過既然如此，她跟慎一郎先……慎一郎爺爺是在何時何地認識的呢？」

多軌少年提出疑問。

「不知道呀。留在我們家裡的信中，年代最久遠的是四十年前的信，或許他們就是在那個時候認識的吧。」

「所以那時候令祖母已經結婚了吧。」名取說。

「光靠這些情報，線索還是不夠。要是至少能知道別封信上的數字就好了。」

「啊，如果是這樣的話……」

芳美想起正好有把抄有祖母日記中數字的筆記本帶來。

「這能派得上用場嗎？」

名取接過筆記本迅速翻閱。

「大有幫助。」

然後他這麼說。

「這是按照時間順序排列的吧？左邊這欄紀錄的是慎一郎先生寄來的信，右邊是一子夫人在寄出去的信裡寫的數字嗎……」

「名取先生，你有看出什麼名堂嗎？」

「這個嘛，最初的數字是四　之　十六，下一個是十六　之　十六，接下來是三　之　四……」

「好像不具規則性呢。」

「慎一郎先生寄來的信上，在數字前寫著●的印記對吧？」

「如果是印記的話，這封信上也有，你們看。」

多軌少年出示自己帶來的信。那上面確實寫著「〇　十四　之　九」。

「最大的數字是十九。這樣啊，原來如此。」

名取突然站起。

「我明白囉，華生。」

他對助手這麼說。

「真的嗎，名取先生！」

「我去把原本應該在這裡的東西找過來，你們兩個留在這裡等。」

說完，名取拉開紙門，走向塞滿古玩的店。

但在名取拉上紙門的瞬間，店裡傳來嘎噠嘎噠、嘎噠嘎噠的巨大家鳴。

「名取先生！」

華生少年站起來，拉開紙門奔入店內。

「別過來！」

名取的聲音響起。

芳美搞不清楚發生了什麼事。

「名取先生、透小弟！」

正當芳美也想跟著跑過去時，她的腳被某人從後方抓住，讓芳美摔了一跤。

——咦？

一個渾圓的物體從倒地的芳美背上越過，飛奔到店裡。

——貓？

少年飼養的貓一衝進店裡，就有聲音響起：

「住手啊，老師！」

緊接著她聽到多軌「嗚哇！」的叫聲。之後有個彷彿有人倒地的聲音響起，店裡的騷動戛然而止。

芳美總算站起來，踉踉蹌蹌地走進店內，發現多軌透倒在泥土地板上。貓咪在他身旁注視著他。

「透小弟!?」

「真拿你們沒辦法，我明明就說不要過來啊。」

「透小弟，振作點！」

她跑過去扶起他，但他似乎已經失去意識。

「他沒事……大概吧。他並沒有外表看起來那麼柔弱。」

「到底發生了什麼事!?」

店裡比剛才更加凌亂。尤其是所有書本與卷軸都宛如遭到強風吹襲般書頁攤開，四散在地。

「我想稍微借用一下這個，結果好像遭到誤會了。」

說完，名取出示給她看的是個老舊棋盤。

「你是說棋盤嗎？」

「是啊，一子夫人跟慎一郎先生的勝負就是指這個。」

芳美一驚。棋盤上有著縱橫各十九條線，原來那個數字標示的就是俗稱十九路棋盤的棋盤上的落子位置。

「慎一郎先生的●代表先手，一子夫人的○則是後手。」

芳美對這個棋盤有印象。這是一直放在收銀檯旁邊的東西。上面總是整齊排放著棋子，但她一次也不曾見過祖母移動它們。

「不可以亂碰這個喔。」

記得在她惡作劇地將棋子打散著玩的時候，她曾經被這樣責罵過。

「令祖母過世前，棋子應該都還整齊排放在上面，但後來被妳的親戚們收起來了吧。」

「不過祖母根本不會下圍棋……」

「或許她在私底下偷偷學過喔。」

是這樣嗎？若是如此，就表示祖母對她們這些兒孫說謊嗎？

「總而言之，我想差不多該做個了結了。」

「了結？」

「意思就是說，由我來分出勝負。」

說完，名取又說：「對了……得找個能成為媒介的東西。」

名取的視線停留在芳美胸前的捕夢網上。

「妳戴著一個好東西呢。能跟妳借用一小段時間嗎？」

「咦？這個嗎？」

名取請芳美拿下胸前的護身符項鍊並接下，與放在棋盤旁的棋罐兩相對照後，他點頭說：

「這樣多少能有點幫助吧。」

「剛才那本筆記先借我用一下喔。芳美小姐，麻煩妳趕快把令祖母的日記與慎一郎先生寄來的信拿過來。」

「咦？可是……」

「拜託妳了，請快點拿來！」

芳美搞不懂狀況。她其實想留在這裡把來龍去脈問清楚，但是發生了某件事使得多軌透倒地的事實，為名取的指示帶來急迫感，催促她採取行動。

「我明白了，我馬上拿過來。」

說完，她衝出店外。「或許自己是被委婉地打發走了」，這樣的想法瞬間掠過腦海，但都已經離開店裡，她也不能再轉身回去，因此她決定就這樣跑回家。走到店外關上門時，從中傳出名取銳利的聲音。

「我應該說過，要是傷害到我的朋友，我可不會容情。」

而在她回來的時候，不出所料，一切都已結束。

7

嘩——嘩——嘩——

——雨？

門上的鈴鐺「叮鈴」一響，有人走進來。

店鋪深處有張收銀檯，一個年輕女孩在那裡看書。

——芳美小姐？

不對，雖然相像，但仔細一看就知道有所不同。女孩稍微抬頭看向客人，但她不甚在意地再度將視線垂到書本上。客人是個學生。女孩跟學生都穿著好像會出現在老片中的襯衫。

——這是文字妖讓我看到的夢？

（夏目，快醒醒……夏目！）

（喂，夏目，給我振作點！竟然會被小嘍囉們幹掉，真是沒用！）

遠方依稀傳來名取先生跟貓咪老師的聲音。

我想起來了。說完要我們在客廳等之後，名取先生進入店裡，接著我聽到嘈雜的聲音與超過百隻妖怪的痛罵聲，於是我也追著他進入店裡。

一打開紙門，就看到玻璃扁珠、貝紋陀螺、將棋棋子、圍棋棋子等等全都被當成飛鏢，朝名取先生砸過來。即便是名取先生也陷入了苦戰。

「別過來！」

妖怪們也把飛鏢投向我。

接著老師衝進來，變化成大妖怪的模樣。要是老師在這裡使出全力就麻煩了。

「嗚，住手——」

「住手啊，老師！」

事情就發生在我如此叫喊之後。整家店的書籍與卷軸一起嘩啦啦地翻開，從中飛出無數文字妖。這是棲宿在一子夫人所寫信件中的文字妖無法比擬的龐大數量。超過百隻的妖怪們的力量，成了讓文字妖動起來的原動力。

嗡嗡嗡嗡嗡嗡，一大群黑色文字朝我的眼睛飛來。眼前剛陷入一片黑暗，馬上就有一股劇痛從眼裡竄過，衝擊傳遍全身。

我當場倒下，憤怒的老師發出駭人的咆哮，讓周圍的妖怪靜了下來。我的記憶到此為止。在那之後意識逐漸模糊，我似乎就此昏了過去。

夢中的學生在店裡慢悠悠地東看西看。天花板的燈罩將店內染上幻想般的彩虹色澤。學生來到收銀檯附近時，女孩終於抬起頭，看向客人的身影。

「哎呀，學生大哥，你渾身濕透了呢。」

「不好意思，因為突然就開始下雨。啊，不過我並不是打算只看不買。」

「沒關係呀，就算只是看看也可以。你就在這邊躲雨吧。對了，要不要借你傘呢？」

「不用了，我不是這附近的學生。」

「這樣啊。」

女孩說著「請用這個」，並將手巾遞過去，學生道謝後就開始擦拭濕掉的衣服。

「那麼，你是來這邊旅行之類的嗎？」

「是的，我有事到丘陵上的大學一趟。我聽說那裡保管著許多有關妖怪的文獻，所以前來請校方讓我看看。」

「妖怪嗎？」

「對，我的夢想就是見到妖怪。」

看得出那位學生的眼睛閃閃發光。

「原來也有這種有趣的研究呀。」

「所以要是有什麼跟妖怪有關的文獻，或是所謂有妖怪憑依的骨董的話，能給我看看嗎？」

「跟妖怪有關的東西啊。」

女孩輕巧地離開收銀檯，開始翻找起那附近的骨董。

「這個如何呢？」

女孩從後頭拿起一個擺設給他看。

「這是麒麟像喔。與其說是妖怪，不如說是瑞獸呢。」

「瑞獸？」

「說是神明的使者，妳就懂了吧。」

「哎呀，真抱歉，我還在實習。」

女孩顯得有點難為情。

「要不然就是那下面的古老卷軸，裡面說不定會有些什麼。」

推開幾個堆得高高的箱子後，古舊的棋盤與棋罐出現在下方。為了要拿下方裝有卷軸的箱子，女孩用雙手拿起裝有白子與黑子的棋罐。

「麻煩你幫我把這個棋盤拿起來一下。」

她這樣拜託學生。學生拿起棋盤後，四處張望尋找放置處。旁邊有一張新藝術風格的氣派桌子，於是他把棋盤放上去。女孩正要將棋罐放到一旁時，她跟轉過身的學生肩膀擦撞，發出「呀！」的一聲，在踉蹌的同時弄掉了棋罐的蓋子，一個黑子從中掉出來。

「啊，對不起！」

黑子像陀螺一樣在棋盤上不停打轉。即將從邊緣落下的那一刻，棋子突然轉向，再度轉回棋盤中央。

「哎呀。」

兩人盯著棋盤上棋子的舞蹈好半晌，但不久後把棋罐放到桌邊的女孩「嘿」的一聲，手指按下去停住棋子。

「哦。」學生發出欽佩的聲音。

這是因為棋子恰好停在從女孩的方向看來的右上角，從邊緣數來第四條線的交點——被稱為「星位」的小黑點位置。這是※初手定石的一種，但女孩只是稍微聳了聳肩，準備再次回到工作中。（譯註：圍棋中經過無數棋手長久以來的經驗累積，形成在某種狀況下雙方依循的固定下法。）

學生則是望著棋盤盤面好半晌後，忽地拿起白子，放到黑子的對角線上。棋盤發出「啪」的悅耳聲響。那個聲響讓女孩回過頭，凝視著盤面。女孩拿起黑子隨意地，真的是隨意地將棋子放到角落。

學生發出「唔」的沉吟，並將白子放到其對角線上。棋盤四角各自有黑白兩顆棋子分佔。看到這一幕後，女孩再次隨意放下一顆黑子。學生再度沉吟，並放下白子。

啪……啪……啪……

令人愉快的聲音響徹店裡。燈罩的彩虹光芒搖曳蕩漾，夢幻地籠罩住兩人。不知不覺間，兩人完全忘記原本在尋找與妖怪有關的物品，隔著棋盤面對面。

在初盤對戰中，或許是因為兩人都遵照定石下棋的緣故，進行得節奏明快。學生總是看到對方的落子後，發出「唔唔」的沉吟然後放下棋子，女孩卻完全沒有顯露出思考的模樣，看起來好像一直都是隨手一放。有時候她也會停頓下來，拿著黑子動也不動，但就算在那時候也一樣，與其說她在思考，她更像在靜靜等待明白落子位置的時刻到來。接著在某個瞬間，彷彿有天啟降臨般，她會漫不經心地將棋子「啪」的一聲放下。她始終都維持這種狀況，然而即使如此，她似乎不知為何下得還算有模有樣，與她對戰的學生對每一手都會發出敬佩或訝異的呼聲。

「其實我才剛開始學圍棋。」

學生找藉口似地這麼說。

「像這樣陸續放下棋子，之後就會產生根本沒有預料到的反應對吧？這點實在很有趣。我認為圍棋就是要傾聽這種一連串的偶然與必然的遊戲。」

「一連串的偶然與必然？」

我也能模糊地理解學生話中的意思。我好歹也具備某種程度的知識，知道圍棋這種遊戲簡單來說就是種圍地佔位的戰鬥，因為以前田沼曾教我下圍棋。田沼對將棋跟圍棋都很熟悉，但就算聽過他的說明，我還是覺得圍棋很難。比起規則，我覺得更難的是戰術跟戰略。初盤是圍繞著四個角落的攻防。棋子乍看之下被陸續放在毫無關係的分散位置——然而田沼說，這是為了讓自己奪下角落陣地的攻防——在棋盤這個小宇宙的邊緣，黑子與白子的想法擦撞出激烈火花。困難的地方在於，進行到某種程度後，原本為了在別的地方進行攻防而放下的棋子，會陡然跟其他地點的佔地大戰產生關連。

「而打從一開始便有意圖地放下棋子，就叫做『布局』喔。」

我回想起田沼這句話。然而透過眼前的對局實際看到這個景象，我覺得這除了完全的偶然以外不做他想。棋局中肯定也產生了很多連實際放下棋子的本人也沒有預料到的反應，宛如在重現發生在這個世界各處的各種事件一樣。在全然不同的地方生活的人們，因奇妙的緣分而意外產生聯繫，而在我看來，圍棋這種遊戲就像是在棋盤上有如寫生一般，重現這種發生在全世界的偶然與必然的共鳴。

下著下著，局面從棋盤邊緣的對戰，慢慢發展成在中央的競爭。在這種情況下，棋子與棋子之間的糾纏變得更為複雜，無論是學生還是女孩，都變得要隔一段空檔才會下出下一手。

「唔。」

正當學生拿著白子，猶豫該放在哪裡才好的時候，「噹——噹——」幾聲，柱鐘告知傍晚的降臨。學生回過神來，看向時鐘。

「糟糕，火車的時間要到了。」

「不好意思，似乎是我拖到你的時間。」

雨似乎早已停止。

「我才是，完全下得入了迷。那個……妳真強呢。」

「我的下法有符合章法嗎？」

「是啊，那當然。招招都是精通定石的妙著，我嚇了一跳。」

聽到這句話，女孩也露出看似有些訝異的神情。

「妳有跟哪個人學過嗎？」

「不，我……」

女孩含糊其辭，稍微聳了聳肩，露出微笑。學生好像難以理解這道微笑的意義，有些困惑地歪過頭，但最後他似乎更在意時間。

「抱歉沒能下完，我下得很開心。那麼再會了。」

「我才是，隨時歡迎您再次光臨。」

學生打完招呼就打開門。伴隨著「叮鈴」的鈴鐺聲，放晴後的街道氣味微微飄進來。然而當門宛如要遮掩住學生離去的背影般關上後，店裡再度回到寂靜的世界。

女孩輕聲嘆了口氣。

為了收拾棋盤，她抓起幾顆棋子，但她忽然念頭一轉，將棋子放回原位。她仰望四周。女孩的視線彷彿在尋找某個人似的，在店裡徘徊。

「爺爺……？」

之後她好像覺得不可能有這種事一樣地搖了搖頭，再次回到收銀檯，視線落到讀到一半的書上。

她眼中大概只看得見從天花板垂下的幾個燈罩吧。但是我看得見一直坐在燈罩上旁觀學生與少女對戰的小妖怪們的身影。

接著就像電影切換場景一樣，周圍的景象同時淡出淡入。那裡同樣是吊燈堂店內，但跟剛才的氣氛有些不同。有幾個商品的擺放位置改變，門跟窗框的油漆也變得十分斑駁。有位中年婦女抱著嬰兒坐在收銀檯。雖然年紀增長，但她臉上仍殘留著年輕時的面容。她是剛才的女孩。女孩跟學生對戰時放置棋盤的那張桌子不知是否已被賣掉，到處都找不到。

「叮鈴」的鈴聲響起，門敞開了。

走進來的是一位戴著帽子的紳士。女性一邊哄著嬰兒一邊抬起頭，瞄了客人一眼。紳士欣賞著眾多古玩，同時慢慢走向店鋪深處。

看到以前放著那張新藝術風格桌子的位置，現在放的是塞滿破破爛爛的椅子、陶盤跟馬口鐵玩具的木箱後，我聽到紳士的口中發出聽似寂寞的嘆息。

然而再往裡面走，來到收銀檯附近時，紳士的臉色變了。

帶著難以置信的神情凝視的那道視線並非傾注於抱著嬰兒的女性身上，而是她身旁的物品。那裡放著依舊保持在當時局面的棋盤。黑白棋子宛如停下流動的時間在此等待他一樣，保持與二十年前一模一樣的狀態停留在棋盤上。

紳士輕輕發出「啊……」的不成聲叫喊。他的手微微顫抖，很快就因湧現的淚水而淚眼迷濛。一看就知道有某種難以抑制的感情在紳士心中沸騰。

「？」

抱著嬰孩的女性一臉困惑地看向紳士。

紳士脫下帽子，讓女性看到他的臉。女性凝視著被沒刮的鬍子覆蓋的面容，以及淚光閃爍的溫柔眼眸後，忽地莞爾一笑。

「你有趕上火車嗎，學生大哥？」她說。

「是的，託妳的福。」

「那就好。」

與二十年前毫無二致的虹色光芒包覆著兩人。

啪……啪……啪……

過一陣子後，吊燈堂中再次響起將棋子放上那個棋盤的悅耳聲響。

「看來妳已經結婚啦。」

「是呀。學生大哥你呢？」

「我也結婚了。」

「我還以為你不會再光臨了。」

「抱歉，讓妳等了這麼久。」

「你還在尋找妖怪嗎？」

「是的。我打算用一生去尋找。」

「要是能找到就好了呢。」

「是啊。」

然而這次兩人的對局花的時間並沒有像從前那麼長。白子慢慢支配整個局面，逐漸控制住中央的戰局。

「啊……」

不久，紳士拈起白子，手就這樣停在半空中。

「怎麼了嗎？」

「下了這子後，就是我的勝利了，大概吧。」

「是這樣嗎？」

紳士露出疑惑的表情看著女性。

「我不懂規則。」

紳士露出嚇了一跳的表情凝視著女性，但不久後，他似乎將之解釋為一點小玩笑，或是單純指比賽的結束方式。

「圍棋棋局的結束方式有兩種，一種是在其中一方承認戰敗，說出認輸的時候，另一種是像現在這樣已無落子處的時候。」

說完，紳士放下最後一子。

「棋局結束了吧？」

聞言，女性疑惑地歪頭，這是因為棋盤上依然留有許多空間，但紳士說明道，這些是放置的棋子被提走後空出來的位置，或是明白就算放下棋子也會被對方提走，因此無法落子。女性一邊對他的說明連連點頭，一邊帶著似懂非懂的神情傾聽。

「無處可下時，下出最後一手的那方就要問『棋局結束了吧』，此時另一方要回答『棋已下完』，這樣對局就會結束。」

「那麼，棋已下完。」

女性回答。

根據紳士的說明，在圍棋棋局中放下最後一子後，有個用來判定勝負的小儀式，要將從對方那裡提走的棋子填入對方的地，並移動棋子形成漂亮的長方形，以便於計算地域。經過整地後，連我也能一眼看出白方的地域比黑方大。

「呃，白方一〇九目，黑方九十六目，相差十三目，算上※貼目後相差十八目半，是我贏了。」（譯註：為了消除黑方先手的優勢，黑方需補貼白方一定的目數，相關規定隨時代及地區各有不同。）

「是呀，總算分出勝負了。」

女性欽佩地露出微笑。

然而我看得見對這個結局無法心服口服的存在。

「所以我不是說過了嗎！那時候下在天元是錯誤的一手。」

「不，錯在那前三手的※長，那時候應該用尖。」（譯註：「長」是將棋子下在鄰接自己原有棋子的位置，「尖」是下在原有棋子的斜線上。）

「不可過度拘泥於角落。我明明說過要捨棄那裡，早點前往中央啊。」

「所以我才說要用※反提啊！」（譯註：雙方在一回合內的連續提子。）

旁觀的妖怪數量已增加為二十年前的數倍，這是因為古玩的妖怪們受到這家待起來很舒適的店吸引，陸陸續續聚集過來。他們一邊吵吵鬧鬧，一邊將落子位置告訴不知道規則的女性。

但是，他們是怎麼辦到的呢？

祕密就藏在懸吊在天花板上的燈罩中。小妖怪們調整燈罩的角度，讓光照到棋盤上。凝聚起綠、紅、藍這三個光的三原色後，棋盤上就會出現白點。二十年前，不懂規則的女孩大概以為是自己臨時起意，試著把棋子放到那個位置看看，結果碰巧成了符合定石的落子。然而這次給予她指示的妖怪太多，人多誤事，所以一下子就被打敗了。

「那個，如果方便的話，可以讓我買下這個棋盤作為紀念嗎？」

紳士說。

「以前來的時候我也什麼都沒買，實在很不好意思。」

「若是這樣的話，這邊有個好東西。」

女性沒有拿起棋盤，而是從架子深處拿出古籍之類的物品交給他。

「我想你或許哪一天還會光臨，所以就保留起來囉。聽說這是與江戶時代妖怪有關的文獻。」

「哦哦！這個是！」

紳士亮起少年般的眼眸。

「當然，把棋盤賣給你也是可以……不過這其實是以前家祖父常用的物品。」

「啊，是遺物啊……」

「也不是那麼了不起的東西，不過我小時候常常看到他坐在收銀檯後頭獨自下棋。」

「他可不是在獨自下棋喔。是咱在當他的對手。」

從燈罩垂掛下來的一個小妖怪這麼說。

「那時候還只有咱一個妖怪。」

當然紳士與女性都聽不到這道聲音。

「其實不管是上一次還是這次，我都覺得或許是祖父在引導我下棋。」

「這樣啊……」

女性言盡於此，因此紳士似乎單純只認為這是某種譬喻。

「真是令人不捨呢。」

紳士提議：

「如果方便的話，再下一局如何呢？」

「咦？」

「正如所願！怎麼能在一路挨打的狀況下結束！下次一定會贏過你。」

妖怪們興高采烈。

「不過我今天其實也沒有時間，因為我跟一個聽說在鄰鎮目擊到妖怪的人有約。所以，這麼做如何呢？」

紳士在便條紙上寫下棋盤的交叉點位置，於邊緣標上數字。問過這家店的地址與女性的姓名後，他買下文獻回去了。於是，多軌的祖父——慎一郎先生與芳美小姐的祖母——一子夫人之間的書信往來就此開始。

文字妖也像播放跑馬燈一樣，讓我看到一子夫人之後的事情。

這大概是慎一郎先生離開的幾天後吧。從外頭的信箱拿著信件走回來的她拆封讀了數字後，滿臉喜不自禁地將一個黑子放到位在收銀檯旁邊的棋盤上。

她目不轉睛地盯著棋盤，卻沒有像以往一樣看到光點。

「這時候在對角線上落子才符合定石！」

「不，放在正下方更為合適。」

「汝等根本就不懂。圍棋是種必須預測到之後好幾步的遊戲啊。」

妖怪們開始吵嘴，遲遲沒有結論。對此一無所知的一子夫人端正跪坐著，眼睛眨也不眨地凝視著棋盤等待。結果妖怪們幾天後才得出結論。

傍晚，起身準備關店的一子夫人不經意地一看，發現在夕陽餘暉照耀下，閃耀的燈罩虹光照亮棋盤，指示出唯一一個白色的光點。一子小姐等待已久似地發出歡聲，馬上拿出信紙與信封寫回信。

隨著棋局的進展，以這種形式開始的信中對弈的思考時間漸漸陷入長考，或許也是因為慎一郎先生熱愛旅行，收到回信的間隔愈變愈長，她在不知不覺間——而慎一郎先生恐怕也一樣——習慣了這種步調，因此這在往後成了一場持續將近四十年的漫長棋局。肯定是因為這種悠閒的節奏很適合兩人的個性吧。看到一子夫人每次收到信件就露出生氣蓬勃的笑臉，我心裡這麼想。

一子夫人臉上的皺紋年復一年地加深，家人的數量也逐漸增加。從前的嬰兒有了弟弟跟妹妹，他的妹妹又生下了女兒——也就是芳美小姐。

棋盤上的交叉點緩慢而確實地被覆蓋。兩人應該都感覺到終局將近了吧。書信往訪的間隔變得更長。有時候即便在妖怪們指示了下一步棋，一子夫人也抄寫在信上後，她也會將之放進信封裡，過好幾天都沒有寄出去。她似乎希望能盡可能延長這場對弈。

然而那一天終究還是到了。收到來自慎一郎先生的最後一封信，將黑子放到數字所示的位置後，一子夫人忽然露出心中一驚的表情。大概是因為在長久以來的交流中，她幾乎記住規則了吧。也或許是因為她在那次說明中，唯獨清楚記下了棋局結束的方式也說不定。一子夫人將妖怪們指示的位置寫在便條紙上，再加上「棋局結束了吧」的簡短一句話，放進信封裡。但一子夫人沒有將之封緘，而是放入抽屜沒有寄出。她不時拉開抽屜，打開信封往裡望，然後嘴角泛起寂寞的微笑，再次將之摺起。這種事情重複了好幾次，最終還是沒有寄出去。

過了好幾年後，一子夫人收到一張黑邊的明信片。那是慎一郎先生的訃帖。大概是多軌家的哪個人根據慎一郎先生的通訊錄寄來的吧。一看到內文，一子夫人鬆手放開明信片，當場痛哭失聲。不久，站起身的一子夫人從收銀檯的抽屜裡拿出沒能寄出的信，輕聲說了一句話：

「對不起。」

信件又被放回原本的抽屜。那張訃帖明信片被收到明信片盒，但整個盒子在大掃除時不知所蹤。一子夫人過世後，親屬們並沒有找到那個盒子。

那件事正好發生在慎一郎先生的訃告寄達的那一陣子。年紀尚幼的芳美小姐到祖母的店裡玩，調皮地將棋盤上的棋子弄得七零八落。

「喂！芳美，妳在做什麼！」

一子夫人舉起手來大罵，鮮少被罵的芳美小姐當場哭了出來。一子夫人馬上露出「糟糕了」的表情，放下手來抱住芳美，對她說：

「不可以亂碰這個喔，芳美。這些黑子跟白子中，充滿奶奶跟某個人的回憶。」

一子夫人一邊這麼說，一邊拿出自己的日記，按照記錄在上面的數字，仔細將棋子排回原狀。芳美小姐不知不覺間在祖母的腿上睡著，但一子夫人仍繼續說：

「奶奶覺得啊，人的緣分很不可思議。奶奶跟多軌先生在這一生之中，僅只直接見過兩次面，但我卻自然而然覺得他是在我人生中非常重要的好友。多軌先生為了躲雨而跑進這家店是種偶然，那時找到棋盤也是種偶然，但其中也隱藏著一些使事情如此發展的理由唷。多軌先生是為了研究妖怪才來拜訪山上的大學，而我那時之所以會把棋子放到棋盤上，也是因為回想起爺爺的事情而心生懷念……所謂人與人的緣分，一定是在側耳傾聽、留意到這一連串的偶然與必然之後誕生的。所以呀，芳美，妳也要豎起耳朵來聆聽這種人之間的緣分。即便是一生中只見過一次的人，那個人跟妳或許也有某種奇妙的緣分連結。」

年幼的芳美小姐連自己哭過的事情都忘了，舒舒服服地睡著。但是祖母的話語一定傳達到芳美小姐的內心深處了吧。我想一定是這樣。

在那之後，超過十年的時光飛逝，一子夫人上了年紀，開始病痛纏身，不時住院。在這種時候店就會關起來，被留在黑漆漆店內的妖怪們閒得發慌。彷彿希望受到隨便哪個人關注般，他們偶爾會引起家鳴、大吵大鬧，但沒有任何人注意到。就在此時，原本在住院的一子夫人回來了。妖怪們十分欣喜，但是一子夫人早已沒有獨自開店的力氣。她其實是拜託了醫院的醫生讓她回到這個家。她說既然要死，她想死在這裡。

在白天時，親戚們輪流來這裡照顧她，那時候一子夫人就會硬是要求他們幫忙開店，而她會坐在收銀檯後頭眺望古玩。這是她一直看著的景象。好幾個物品被賣掉，又有好幾個新的物品到來，然而每一個對她來說都是朋友般的存在。

夜裡。

店內鴉雀無聲。突然間，睡在後方房間的一子夫人拉開紙門走進這邊。

那天剛好輪到芳美小姐的母親前來照顧她，聊過孩提時期的懷念過往之後就回家了。或許是因為這件事留在一子夫人心上的緣故吧。因某種宛如心神不寧的感覺而醒過來的一子夫人不顧現在是深夜，她來到店裡，打開店內最大的女王立燈。店裡染上彩虹的色澤。

「欸，是爺爺嗎？」

在理應空無一人的店內，一子對著某個人這麼說。

「還是說……」

一子夫人彷彿在等待周遭反應一樣暫時停下話語，接著再次開始說：

「剛開始啊，我以為告訴我放棋子的位置的人是爺爺，因為這個棋盤是爺爺一直很珍惜的東西。不過在持續書信往來、擺放棋子的期間，我慢慢發現並不是這樣……」

周圍的妖怪們傾聽著一子夫人的話語。

「爺爺常說，古老的物品中寄宿著魂魄，所以一定就是你們吧？因為我現在也能感受到一種氣息，宛如暖和又溫柔的溫度一樣充斥著四周。」

妖怪們靜靜聆聽。靜靜地，彷彿在細細品味她每一句話一樣。

接著一子夫人回到收銀桌邊，拿出日記開始翻頁。她已經沒有細細閱讀的力氣了。即便如

此，一子夫人還是有如反芻至今為止的人生一樣，從最開頭仔細翻過去。她每翻一頁，即使讀不清文字，回憶似乎依舊會湧上她的胸臆。店裡超過百隻的妖怪們聚集到她的四周。

不久，當她翻完每一頁後，她的嘴微微顫動。

「謝・謝・你・們。」

日記從她手中滑落。一子夫人就這樣閉上眼睛，陷入長眠。我一直看著這一幕。不知不覺間，淚水從我的眼中滑落……

啪……啪……啪……

落子的清脆聲響讓我醒了過來。我一看，發現在吊燈堂裡，名取先生一邊看著芳美小姐的筆記本，一邊坐在收銀桌前，獨自默默擺放著棋子。他的周圍聚集著超過百隻的古玩妖怪們，屏氣凝神地注視著他。笹後跟瓜姬彷彿要保護名取先生不受妖怪們傷害似地站在那。

我瞭解到現在距離我昏過去並沒有過多少時間。文字妖讓我看到的夢八成像歸還名字時看到的過去一樣，只是一閃即逝的片段。至於那麼大一群的文字妖，他們似乎全都隨著我流出的眼淚離開眼睛，我看到他們彎彎曲曲地逐漸回到散落在附近的經文古籍中。由於文字妖離去，我也變得可以看到周圍的妖怪了。

「總算起來了啊，你這體質虛弱的傢伙。」

貓咪老師突然就踢中我的頭部。

「好痛，住手啦，老師。」

「太好了……從你的樣子看來，好像沒有大礙呢。」名取先生說。

「名取先生……笹後跟瓜姬也在啊。」

「哎呀哎呀，你又回到看得見妖怪的世界啦。」

名取先生說完後聳了聳肩。

「啊，芳美小姐呢？」

「她有點礙事，所以我請她離席了。你醒了那就剛好，來這邊幫忙我吧，多軌透小弟。」

「請不要再用這個名字叫我了，現在沒有必要這麼做吧？」

「那麼夏目，幫我把黑子放在我所說數字的位置。我現在正好在重現一場棋局。」

「啊，好。」

「他們所說的結果指的就是這場棋局的勝負。接下來夏目就是妖怪們的交戰對手了。」

名取先生不知道我在夢裡看過這一切，他仔細向我說明。

「等一下，那傢伙說自己是那個男人的孫子，那是騙人的吧？」

不知何時被放回原本位置的達摩掛軸抗議道。

「但他們確實有些緣分喔。對吧，夏目？」

「是、是的。」

雖然沒有直接見過面，不過我確實跟他有些緣分，畢竟他就是我直到剛才都還在夢中看見的人。

「既然這樣嘛，那就好吧。反正落子的位置都已決定好了。」

名取先生代替妖怪們跟一子夫人，我則是代替慎一郎先生進行棋局。我遵照名取先生唸出來的數字放下棋子，我們擺放的棋子合計超過兩百顆。接著，放下最後一顆棋子的時刻終於到來。

「十四　之　九。」

名取先生將白子放在那裡後，他問我：

「棋局結束了吧？」

一子夫人的信上被污痕所遮住而看不清楚的部分，寫的就是這句參雜著漢字與片假名的「棋局結束了」吧」。

「棋已下完。」

我回答。店裡一片寂靜。不久，貓咪老師怒氣沖沖地喊：

「喂，是哪邊贏了！」

「不要急。來吧，人類啊，快點計算兩方的圍地。」達摩催促道。

「好。夏目，按我說的重新排列棋子好嗎？」

我剛剛才在夢裡看過做法，所以大致知道怎麼做。首先把從對方那邊提走的棋子交互放到被稱為單官、不屬於任何一方地域的空白交叉點上，接著重新擺放凹凸不平處的棋子，整地成容易計算的形狀。

「這樣就行了。黑方有十、二十、三十……六十八目，白方有……六十二目。」

「黑方多了六目呢。」

「輸、輸了嗎……」

周圍的妖怪們喧鬧不休。

「不，現在的正式規則為了消除先手的優勢，黑方必須貼六目半，所以這次白方以半目之差獲勝。」

嗚喔喔喔喔！店內響起歡呼聲。

「太好了太好了！是我們的勝利！」

我忽然注意到自己正帶著一子夫人的心情看著妖怪們。覺得大喜若狂的他們令人莞爾的同時，我也品嚐著持續已久的遊戲真的已經結束的寂寥感。

「按照約定，你就封印吧。」

喧鬧一陣後，達摩爽快地對名取先生說。

「嗯，我當然會這麼做。」

名取先生將裝黑子與白子的兩個棋罐放到店內中央的地面。他拿起蓋子，把芳美小姐戴的捕夢網護身符放到白子的棋罐上，在黑子棋罐上則把我帶來的一子夫人的信放上去，說是用來代替作為媒介的式神紙人。

「文字妖封進黑子，除此之外都封進白子，這樣沒問題吧？」

一開始妖怪們似乎無法理解名取先生言中的意義，但過了一會兒，他們都領悟了他的意圖。取代封印壺，名取先生打算將他們封印在棋子中。

「這樣啊，你要把我們封進棋子裡……這樣或許還會有跟哪個人下棋的時刻到來吶。」

名取先生開始唸誦咒語。

「附於古董上的妖怪們啊，捨棄這份執著，回歸各自的玉石之中！」

力量微弱的文字妖們先穿過信件，被吸進黑石中。

之後小妖怪們陸續被吸進白子中。

「來此驅魔的人是你真的太好了。謝謝你。」

最後被吸進去的瞬間，我聽到達摩這麼說。

一切結束後，名取先生把捕夢網跟信拿開，將兩個棋罐的蓋子蓋上。直到剛才都充滿四周的氣息完全消失了。

「好啦，我要回去了，幫我把這個還給芳美小姐。」

他這麼說，並將捕夢網遞給我。

「還有幫我轉告她，請她盡可能把這個留在身邊喔，助手小弟。」

名取先生指著棋盤跟棋子這麼說。我也贊成他的意見。

總算能稍喘口氣時，名取先生再度凝視著我。

「總而言之，幸好你沒事。」

說完，他帶著溫和的眼神露出微笑。

「那麼夏目，之後麻煩你了。」

「啊，請等一下啦，我該怎麼對芳美小姐說明才好？」

「麻煩你隨便應付一下囉。」

就在他打開門正要離去的那一刻。

「啊，對了對了，這件事我是沒對他們說……」說著，他指向棋罐中的妖怪們後，稍微壓低聲音說：

「『差距在六目半以下就算白方勝利』的這一條，應該沒有那麼早成為正式規則才對。在那之前好像是五目半，更之前記得是四目半……」

「那麼——」

「沒錯。若按照他們開始對弈時的規則，會變成慎一郎先生獲勝。」

「唔。」

這種狀況下，到底算哪一方獲勝啊？

「哎，不管哪一方勝都沒關係吧。」

留下這句話後，名取先生真的就這樣回去了。

店裡只剩下我跟貓咪老師。

「哦哦，對了，那個還有剩。」

貓咪老師回到客廳掃平吃到一半的水羊羹。

「這次老師完全沒派上用場呢。」

「你有說什麼嗎，夏目！」

「不，什麼都沒有。」

說著說著，門「叮鈴」一聲打開，氣喘吁吁的芳美小姐衝了進來。

「我拿來了，名取先生！……咦？」

「啊，歡迎回來。」

「名取先生呢？」

「這個嘛……」

我輕輕嘆口氣，然後對她道歉。

8

一想到最後還是被騙了，芳美就火大得不得了。

當她遵照名取所言，拿著祖母的日記回到店裡時，那裡已經沒有他的身影，唯有據說是他的助手的多軌透少年等在那。他的寵物貓待在後頭的客廳裡，依然在吃水羊羹。

根據多軌少年的說明，祖母一子與他的祖父慎一郎分出勝負後，這家店的古玩們的執著就消失了，順利完成驅魔。就算想把物品搬出去，應該也不會再發生家鳴吧。

若是平時那個具有懷疑論者風格的芳美突然聽到這種話，肯定不會相信。但事實上，每當來到這家店就會感覺到的奇妙氣息，現在真的已經完全消逝了。

結果這裡到底舉行過什麼樣的儀式呢？芳美甚至連推測的方法都沒有。少年的說明不得要領，只是一個勁兒地反覆說「請妳放心」。

——名取果然是為了把自己趕走，才會要我拿來祖母的日記吧。

拿回捕夢網並戴到胸前時，她心中有種奇妙的騷動。

「咦？」

她發出輕輕的一聲。

「怎麼了嗎？」

少年一臉訝異地看向她。

「感覺好像有點重。」

「啊……」

「名取先生拿這個做了什麼？」

「這個嘛，呃……這個護身符好像有吸進某種東西的力量，對嗎？」

「你還真清楚呢。這個叫做捕夢網，是印地安人用來捕捉惡夢的護身符喔。」

「惡夢……」

少年稍微露出思考的神情。

「該不會不只惡夢，好夢也會被這個捕住吧？」

「咦？」

「啊，沒有，我只是忽然覺得要是這樣就好了，或許就是因為這樣才會變重。」

「因為好夢而變重啊……很棒的想法呢。不過是誰的夢？」

「哈哈……那一定是骨董們的夢。」

少年一臉害羞地微笑。

「啊，還有名取先生說，請芳美小姐盡量將那個棋盤跟棋罐留下來。」

「也對，這是充滿祖母回憶的物品呢。」

「而且這也是從令祖母的祖父那一代傳下來的物品。」

「咦？真的嗎？」

「啊，呃，好像有哪個人這樣說過。」

少年這次打馬虎眼似地笑了。

她跟少年與他的寵物貓一起走出店外，鎖上門後離開吊燈堂。芳美將少年送到車站，一邊思考著這次相遇究竟意味著什麼。

無論是跟名取還是這位少年，大概都不會再度相見了吧。芳美有這種感覺。

但是她覺得與這兩人的相遇有某種奇妙的緣分在牽線，而且對她的人生將會具有十分重大的意義。

「所以呀，芳美，妳也要豎起耳朵來聆聽這種人之間的緣分。即便是一生中只見過一次的人，那個人跟妳或許也有某種奇妙的緣分連結。」

忽然間，祖母的聲音在耳邊響起。

——咦？我是什麼時候聽到這種話的？

「非常謝謝妳。其實來到這裡之前我一直猶豫該怎麼辦，但有來真是太好了。」

臨別之際，多軌透少年帶著爽朗的表情直視著芳美這麼說。

「我才是，請代我向名取先生說謝謝。」

對著逐漸消失在驗票口另一端的少年的背影，芳美小聲嘀咕：

「還有，幫我罵他一聲笨蛋。」

9

「夢想實現了呢。」

一邊走著，多軌一邊對我跟老師這麼說。

「咦？」

「我說的是我祖父。」

從吊燈堂回來的隔天，我就已經跟多軌說明事情的始末了。話雖如此，當時我不得不省略掉相當多的詳情，畢竟我一開始就沒對多軌說出文字妖跑進我眼中的事情，也隱瞞了除妖人就是那個演員名取周一。

我說我一到吊燈堂就碰巧遇到驅魔的現場，也聽芳美小姐說了許多往事。那封信的真相就是一場圍棋比賽。吊燈堂裡有著許多妖怪，但由於除妖人的能力高超，他們全都被封印到棋子之中。我告訴她的內容大抵來說就是這樣。

而這是在距離那天數日後的對話。這天多軌在從七辻屋回家的路上逮到我跟老師，告訴我們她收到芳美小姐寄來的致謝信。

「祖父畢生都在追尋妖怪，最後還是無法親眼目睹，但他其實一直都在跟妖怪們下圍棋呢。」

「哦，沒錯。」

「本人竟然沒發現，這件事聽起來也太蠢了吧。」老師說。

「沒有這回事喔，老師。一定沒有這回事……」

就算他沒有發現，肯定也會感受到某些事物，所以不管是慎一郎先生、妖怪們還是一子夫人都顯得那麼開心。

「是嗎？真希望我當時也有去那家店呢。」

「咦？」

「因為那是我的祖父嘛，我也想見證這一切……呵呵，不過我很感謝夏目同學跟貓咪老師呢。」

之後多軌忽然低聲說：

「對祖父來說，一子夫人……似乎真的是很重要的朋友。」

「咦？」

在我造訪吊燈堂的時候，多軌搜尋過家中倉庫，找到一整疊信。據她所言，信件跟看來是在吊燈堂買下的古文書一起受到妥善保存。

「因為那些東西放在箱子底部，包裹著漂亮的布……彷彿想仔細包覆住重要的回憶般收得好好的。」

多軌彷彿在懷想過去般，露出溫柔的微笑。

「對了對了，芳美小姐寄來的信有點奇怪呢。」

「咦？哪裡奇怪？」

多軌突然改變話題，讓我緊張了起來。

「她叫我透小弟耶？你怎麼想？」

「啊，這是，呃……」

多軌惡狠狠地瞪著我。

「這是指夏目同學對吧。」

「呃、嗯……對。」

之後我被逼著詳細說明為什麼會自稱為多軌，不過嘛，我全都歸咎於那個愛惡作劇的除妖人一時興起。反正這是真的。

「哎，算了。我就當作你是代替我去的吧。」

多軌這麼說，最後也原諒了我。

「芳美小姐的信上啊，寫了很棒的一段話喔。」

「咦？」

「她說『我現在覺得我跟透小弟』——就是指夏目同學。」

「嗯。」

「『我現在覺得我跟透小弟之所以在那家店相遇，一定是在一連串的偶然與必然中誕生的美好緣分之一。』」

「一連串的偶然與必然啊。」

「然後啊，我曾經想過。」

「想過什麼？」

「不管是我叫出夏目同學的名字，還是當時夏目同學也回應了我，這肯定都只是單純的偶然吧？」

「嗯。」

「假如我叫住的是其他人，那個人也回應了……一想到這裡，我就非常害怕。」

「啊，的確。」

要是變成那種情況的話，無論是對多軌或是對那個人來說，當時肯定都會發生不幸的事件。

「不過讀過芳美小姐的信後，我稍微放心了。」

「什麼意思？」

「那肯定不只是偶然。我覺得此中或許有著使事情如此發展的『必然的引力』在發揮作用。」

「必然的引力啊。」

「畢竟我當時之所以會叫出夏目同學的名字，是因為之前我就聽說過夏目同學是個奇妙的人。」

「也對呢。」

「感覺就是因為有這種像必然的種子一樣的因素撒落在四處，好幾個這種因素碰在一起，才會聯繫到那個偶然……我不太會說啦。」

我覺得我可以理解她想說的話。

「那個結果讓我得救，也是因為有那次相遇，才能像現在這樣跟小貓還有田沼同學交上朋友。」

多軌走在我的前方不遠處這麼說。

「所以啊，就算那時候我叫出你的名字是個偶然——」

多軌轉過頭來看我。

「我也覺得那是個美好的偶然喔。」

說完，她豎起大拇指，笨拙地眨了個眼。

妖之音

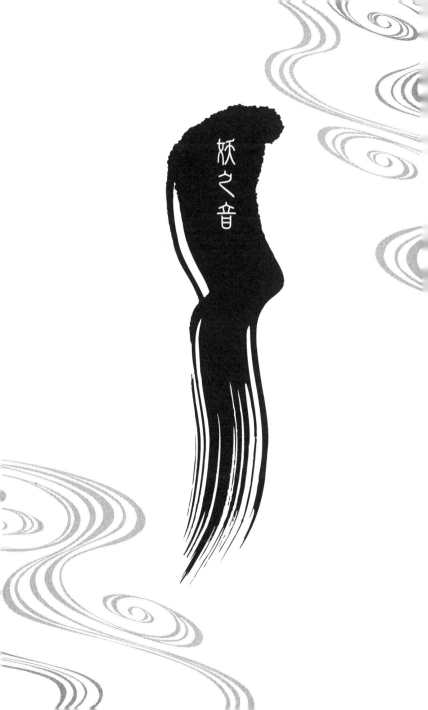

注意到夏目同學跟我就讀同一所學校，是在梅雨季之前、剛結束換季的那陣子。事情發生在放學後前往音樂教室參加社團活動的途中，美紀說她有東西忘記帶，因而回教室去拿的時候。我呆站在走廊正中央等待。當我愣愣地望著窗外時，我發現距我不遠處，有個跟我一樣凝視著外頭的人。那是個鼻梁正挺、五官端整、目光溫和的男生。他凝視的位置是校舍的後院，那裡只有小型花圃。那個人注視著沒有任何人在的花圃，突然輕喊：

「啊，危險！」

我也跟著看向花圃，但那裡依然沒有任何人。我再度看向那個人，發現他露出放心的神情，彷彿在目送著什麼般地移動視線。這時候從二班的教室走出了另一個男生。

「夏目，我們回去吧。」

那個男生這樣呼喚他的名字。

「咦？夏目……同學？」

「久等了，宮子……嗯？怎麼了？」

我沒有回應美紀，茫然地目送跟朋友一起走向玄關的他。

——那天社團活動的狀況糟透了。

「篠原，妳又吹錯了。重來一次。」

我記得自己被指導老師罵了好幾次，學長姊們也露出無奈的表情。

姑姑是音樂家，從小就開始學單簧管的我，進高中後也理所當然地進入吹奏樂社，跟我一樣讀五班的美紀則是負責吹小喇叭。內向的我之所以在班上並不會顯得格格不入，很大一部分是因為有開朗而富社交性的她存在。

「欸，宮子，妳怎麼了？妳今天很不專心喔。」

美紀指出我的問題，但那天的我滿腦子都是沉睡在自己的記憶最底層的某個回憶。

也就是夏目貴志同學的事情。

那是我們還是小學低年級時的事情。在僅只兩個月的短暫期間中，我跟他同班。我從當時一直住到現在的城鎮距離這所高中相當遠，而他就是轉學到當地的小學。他的父母雙亡，在親戚之間被踢來踢去——我是這樣聽說的。一開始大家覺得新鮮，都會去跟他搭話，但某個事件使得「夏目同學是個騙子」的傳言四起，漸漸地誰都不肯理他了。那個事件就是我心中的創傷。

那是發生在音樂課上。當時我們在用剛學的直笛合奏童謠。

——Ｓｏ、ＭｉＦａＳｏ、Ｌａ、Ｓｏ、ＭｉＦａＳｏ、Ｄｏ、ＬａＳｏＭｉＤｏＲｅ。

周圍剛學會吹直笛的孩子們配合老師的號令拚命吹，但老是出錯。我早已跟姑姑學過，所以一心只在意著其他孩子的錯誤。

「啊，山本同學低了半音……早希落拍囉！」

就在此時，突然有道與主旋律完全不同，但是均衡而協調的美麗笛聲傳進耳中。

——嗚嗚——嗚嗚嗚嗚嗚。

「咦？」

正當我四處張望，想尋找吹笛者的時候……

「嗚哇啊啊！」

有個孩子大喊，從椅子上站起身。

「夏目同學，怎麼了嗎？」

「剛才那裡有個奇怪的傢伙，他打扮得像天狗一樣，還吹著笛子……」

「咦？天狗？」

「啊，你們看，逃到那邊了。」

夏目同學這麼說，並指向窗戶。老師嚇了一跳。

「什麼？我什麼都沒看見啊。有其他人看到嗎？」

這應該是個沒有惡意的疑問吧。老師只是覺得或許夏目同學真的有看到什麼東西，才會如此詢問。然而這導致了使他孤立的結果。

「有看到什麼東西的人舉手喔。」

我猶豫著該怎麼做。我什麼都沒看到，但是我確實有聽見。剛才肯定有什麼東西在那裡。知道這件事的除了夏目同學以外，就只有我而已。但是……我沒有舉手。不久，夏目輕聲說：

「對不起……我看錯了。」

說完，他在椅子上坐下。

他被視為不時會做出奇怪發言的孩子，遭到眾人閃避就是在那之後開始的。實際上，後來夏目同學也曾堅持自己看得到奇怪的東西，或是突然推開別人後逃走，所以我想不管怎麼樣都會演變成同樣的結果吧。可是，要是那時我有舉手的話……周遭眾人看待夏目同學的眼光或許不會冰冷至此，或許不會連一個相信他的朋友都沒有也說不定。面對在班上孤零零、沒有人理會的夏目同學，我也一直無法跟他說話。我害怕會被他怪罪「都是妳的錯」，所以一直過著宛如在逃避他一般的日子。

結果他沒有跟任何人交上朋友，就這樣再度搬家到別的親戚所住的城鎮。

我似乎鬆了一口氣，將他的記憶封印了起來。剛好我從姑姑那裡收到單簧管，於是我全心全意地練習吹奏。無論是上小學時，還是上國中後，我都是一邊吹單簧管一邊上學。在上下學的路上，唯有吹奏狀況好到連自己都感到驚訝的時候，才會再次聽到那個音色。

——嗚嗚——嗚嗚嗚嗚嗚。

那大概是橫笛，吹的就是所謂的和風音階吧？從森林深處或是半山腰，美麗的曲調隱約但確切配合著我的單簧管乘著風被送過來。

那時候我為什麼沒有回想起夏目同學呢？現在回憶起來，我覺得實在很不可思議。但是我認為只有我聽得到的笛聲，是神明賜給我的美好禮物；唯有我吹得好的時候，音樂之神才會跟我一起吹。

上高中後，我也依然理所當然似地繼續接觸音樂。入學後到現在，我每天的生活就是：

去學校。

上課。

到社團教室練習。

回家——我重複著這樣的日子。我就是這樣的人，所以就算聽說二班有轉學生，我也不可能注意到那就是夏目同學。

不過那真的是夏目同學嗎？

或許是同姓的另一個人。

回家後，我找出年級學生名冊試著確認。

——夏目貴志。

啊啊。撲通、撲通、撲通。我動搖到加速的心跳聲一路傳至耳邊。

「欸，美紀，二班的轉學生是什麼樣的人？」

隔天我在學校這麼問。

「咦？現在才問？宮子接收情報的速度還是一樣慢呢。他剛轉進來的時候，我們班的女生有去偵查狀況，還吱吱喳喳地說他挺帥的。聽說雖然他看起來很酷，但跟他說過話後，就會發現他感覺起來意外是個坦率、對誰都很溫柔的人。」

罪惡感頓時甦醒。美紀所形容的夏目同學的人格特質，肯定是從小學時開始就沒有改變過的本質。使他在那個班上孤立的就是我。

從那陣子起，我的單簧管開始發出混濁的聲音，我變得聽不到神明的旋律。

漫長的梅雨季結束，夏季到來。

我加入的吹奏樂器社決定針對秋季大會舉辦集訓，為了做準備而忙碌不已。集訓地點竟然決定在我家附近的設施，那是個位在入山不遠處的公共住宿處。我跟社長在集訓前去參觀那個設施。暑假之前的星期天，跟社長兩人進入山裡的我看到一個穿過蓊鬱森林的人影。那個肩膀上放著圓滾滾的貓一般的物體，快步消失在樹叢另一頭的人確實就是夏目同學。

＊＊＊

「我想您就是持有連絡簿的夏目殿下吧。」

「嗚哇，貓咪老師！又有怪東西在窗外了。」

「冷靜點，夏目。如果是會造成危害的妖怪，我會把他趕跑。」

從小開始，我就經常會看見奇怪的東西。那些別人似乎看不見的東西，大概是被稱為妖怪的魔物。

漫長的梅雨季結束，即將進入暑假前不久的時候，這傢伙來到我面前。

「夏目殿下，我來此有事相求。」

「你希望我把名字還給你嗎？」

「不，我的名字不在那上面，但聽說我所尋找的妖怪的名字在那個本子上。」

「你尋找的妖怪？」

「是。夏目殿下，請您用那本連絡簿呼喚出葦大匠。」

「葦大匠？」

這傢伙貌似天狗，手上拿著小小的橫笛。

「我的名字叫做七里。」

「七里……我們之前曾在哪裡見過面嗎？」

「啊？我直到最近才聽說關於持有連絡簿的夏目殿下的傳聞，以前根本沒有見……咦？」

七里停下話語，凝視我的臉。

「這麼說來，這張臉……不對，不可能。但是還真像。」

「我的臉怎麼了？」

「不，大概是碰巧跟另一個人相似吧。比起這個，夏目殿下，重要的是葦大匠的事。」

「等一下，那個叫做葦大匠的妖怪究竟是……」

「我有聽說過，好像是個製作笛子的名人。」

貓咪老師說。

「沒錯。若談到製作笛子，葦大匠可是當代首屈一指的名匠。如您所見，我是個吹笛者，但最近這支笛子的狀況很奇怪。不只無法吹出想要的音，音色甚至出現雜質。」

「所以你想請葦大匠幫你做一支新笛子嗎？」

「不，我想請他幫忙修理這支我已有感情的笛子，所以開始尋找葦大匠，但他似乎自從被擁有連絡簿的夏目奪走名字後，就窩在山裡誰也不見——」

「所以你才會希望我召喚他出來啊。不過我不知道那個妖怪的長相，沒辦法召喚喔。」

「什麼！」

七里說不出話。

「在挑戰中獲勝並逼妖怪寫下名字的是我的外婆。我沒辦法召喚出沒見過的妖怪，在這種狀況下也無法把名字還回去。」

「喂，叫什麼七里的，既然你是吹笛名家，就吹個一首來聽聽吧，我大發慈悲聽聽看。」

貓咪老師一邊吃著丸子一邊說。

「好吧，反正就這樣回去也很不甘心。給我聽著。」

七里舉起橫笛，隔了一個呼吸後，開始吹奏。真是出色的技巧，我根本聽不出這是有雜質的聲音，這恐怕是唯有足以被稱為名家者才聽得出的細微差異吧。美麗的音色，做天狗打扮的妖怪……過去的記憶突然在我腦中甦醒。

「啊！你是那時候的妖怪！」

小學的音樂課上，當我們在合奏時，我忽然聽到種類不同的笛聲。沒錯，的確是這個音色。我一看，發現有個拿著笛子的天狗在老師身旁，不由得發出叫喊……

「什麼嘛，你是那個時候的小鬼啊。你長大了呢。」

「嗚哇，總覺得態度好像突然變得不客氣了。感覺真差。」

「哼，我才沒必要對連葦大匠都呼喚不出來的人低聲下氣。」

「不過若持有連絡簿的夏目來到附近，那傢伙說不定也會為了請夏目歸還名字而現身吧。」

「唔…………夏目殿下！請助我一臂之力！」

「真是個態度變來變去的傢伙。喂，夏目，你沒必要幫助這種傢伙喔。」

「也對，而且我以前也因為你而吃足苦頭。」

「怎麼這樣，夏目殿下，求您答應我的請託～」

不管受到怎麼樣的請求，我還有學校跟藤原家的生活要顧，不能輕易離開家裡。我堅決拒絕了……照理說是這樣才對。

下個星期天，我跟貓咪老師和七里一起來到據他推測是葦大匠所在地點的山中。連我自己也深切感受到這種性格很吃虧，但每當受到懷有特別情感的妖怪拚命懇求，我就無法拒絕。

這裡是距離我小學時住了兩個月左右的城鎮很近的山腰。

「喂——葦大匠～你在嗎？」

我隨便喊喊，但沒有聽到回答。

「哎，不可能那麼輕易找到吧。夏目，吃個丸子後就回去吧。」

「怎麼這樣，我們才剛來啊！」七里大喊。

走向森林深處的途中，我依稀看到兩個穿著我們學校制服的女生，爬上從公車站通往集訓所的山路。

「糟糕，被看見了嗎？」

不過就算有被看見，應該也能設法蒙混過去吧。我這麼想，於是我們更加深入山中。

我們大概找了兩、三個小時吧。就在太陽開始西斜，我們放棄這一天的搜索準備回去的時候……

「大爺、大爺，你們在找葦大匠嗎？」

這麼說著，一個長著不知是牛是狗的野獸面孔的妖怪出現在我們面前。

「這幾位大爺不知道嗎？有一首曲子可以用來呼喚葦大匠。」

「呼喚葦大匠的曲子？」

「是，好像只要用笛子演奏那首曲子，葦大匠就會收到呼喚而現身。那是首名為『拂葉虹風』的樂曲。就是這樣的曲子：咻——咻咻咻咻。」

「啊，該不會……」

說完，七里吹起笛子。那是他在我房間裡吹的曲子。

這是段出色的演奏。一曲吹畢，七里靜靜放下笛子。我們開始等待，但是什麼都沒出現。

「是這首曲子沒錯嗎？」

牛犬回答：

「確實是這首曲子，因為我以前見過葦大匠吹奏這首歌。」

「你說什麼？」

「那時葦大匠吹奏這首曲子給人類女子聽，告訴她想呼喚自己時，吹奏這首曲子即可。」

「人類女子……」

「他說他平時沉睡在前頭的葦原沼澤，就算被人用一般的方式呼喚或許也不會發現，但要是聽到這首曲子被從頭到尾整首演奏出來，他肯定能清醒。曲名也是人類女子說『就叫拂葉虹風如何』，所以就這樣定案了。」

我馬上就知道那個人是誰。不可思議的是，七里似乎也心裡有數。

「哎，這是很久以前的事了，葦大匠也忘了吧。那麼，我就此告辭。」

說完，牛犬鑽入樹叢深處離去。

「因為這支笛子損壞、聲音出現雜質，所以才無法呼喚出葦大匠。可是我只有這支笛子啊。」

「七里為什麼會知道這首曲子？」

「這首曲子是我直接跟師父學來的。師父十分嚴格，只要我一犯錯，鐵拳就會毫不留情地飛來。」

七里這麼說，同時也顯得很懷念。

「那麼你那位師父或許還有其他弟子呢。」

「不，我不認為除我之外還有其他弟子，因為師父…………」

七里說到這裡，沒有再繼續說師父的話題。

「那就只能放棄了吧。夏目，回去囉。」

貓咪老師如此催促。聞言，七里露出不願開口般的表情對我們坦白：

「雖然不是師父的弟子，但其他能吹奏這首曲子的就只有一個人。不，可是……」

根據我們催促吞吞吐吐的七里問出來的情報，那是一位人類女孩。她住在這座山的山腳，幾乎每天都在上下學的路上邊走邊吹笛子。七里因為喜歡那個聽起來很愉快的音色而跟著一起吹笛子時，那個女孩似乎聽到了照理說只有妖怪才能聽到的笛聲。於是七里就像自己的師父過去做的一樣，將習自師父的曲子斷斷續續吹給她聽，那女孩也覺得有趣，跟著他的曲調吹了起來。

「啊，她吹奏的音樂是多麼愉快啊。人類真是有趣的生物。有人只能採取欺騙、背叛的生存方式，也有人像她這樣單純過著享受音樂的每一天。只要還有像這女孩一樣的人存在，我就無法討厭人類，絕對無法討厭人類啊。」

這麼說著的七里，臉上有著十分溫柔的神情。

「等一下，既然你曾將剛才的曲子吹給那個人類女孩聽，理論上葦大匠當時就該出現了吧？」

「老師跟我教這首曲子時，都只有片片斷斷地教，所以那時葦大匠才沒有醒過來吧。」

「原來如此。那麼設法拜託那個女孩，請她從頭吹到尾就好啦。」

「不行吧。」

七里低聲說。

「最近不知道為什麼，那女孩的笛子也出現了雜質，不再像從前一樣吹奏出快樂的音色。她的笛子肯定也壞了吧。不對……說不定是我的錯。」

「咦？」

「由於我的笛子壞掉，她的笛子才會跟著壞掉……所以我無論如何都要修好這支笛子。」

「七里，難道你……」

「你喜歡上那女孩了吧？」

「別、別說這種蠢話。我只是希望那女孩能再次吹奏出愉快的音色罷了……」

＊＊＊

當我們在集訓所跟設施管理人員討論時，我聽到那首曲子。

「啊！」

「怎麼了，篠原？」

社長訝異地看著我。

「對不起，什麼事都沒有。」

為什麼呢？長久以來都聽不到的神明的音色，為何會在這時響起？

商討結束，我們下山時，社長語帶關懷地問：

「篠原，妳有什麼心事嗎？」

「咦？」

「我呀，很喜歡篠原吹的單簧管。明明是新人，卻吹得那麼好，我一直感到很嚮往喔。不過最近總覺得……」

「咦？」

「妳好像有點陷入低潮。其他人就算大概聽不出來，但在我聽來好像沒有以前那麼有精神。」

原來有被這個人注意到啊。

「社長……謝謝妳，不過我沒事。我會在大會之前想辦法解決。」

我這麼說，當天就這樣回家了。

隔天午休，我獨自前往音樂教室一趟。我並非要去辨什麼事，或許我只不過是無法忍耐教室的喧囂罷了。在前往集訓所途中的山路上看到的人，真的是夏目同學嗎？之所以會在那時候聽見神明的音色，跟夏目同學是否有什麼關聯呢？我一邊思考著這樣的事情，一邊爬上昏暗的樓梯，在走廊左轉並走到盡頭。我打開上面寫著「音樂教室」的門，發現裡頭早有來客。

「啊……抱歉，妳要用這裡嗎？」

「沒有。」

他站在鋼琴前，正好擺出現在開始要彈些什麼的姿勢。

「那個……你在這裡做什麼呢？」

希望他不要注意到我的心臟怦怦亂跳的聲音。

「我想查點東西。」

「查什麼？」

「不，沒什麼，我該離開了。」

他準備走出去。

「咦？」

「請等一下。」

「我來幫你。」

「欸？」

「你要查東西的話，我可以幫你。」

我在說什麼啊？

「我是吹奏樂社的，所以那個，如果是跟音樂有關的事，我應該能幫上忙吧，大概。」

「這樣啊。」

夏目同學用溫和的眼神盯著我看。

「謝謝。」

他這麼說。

「我想把一首曲子寫成樂譜，因為我曾聽到一個人用笛子吹這首歌。那是首很棒的曲子，但因為一些原因，就算那個人吹奏也無法解決某個問題，所以我想要是謄寫成樂譜，或許能請其他人幫忙吹奏。」

「什麼樣的曲子？」

「呃……我彈得不好喔。」

他一邊這麼說，一邊用一根指頭按下琴鍵。

「一開始是這樣嗎？喔，是這邊嗎？」

就好像一邊跟身邊的某個人確認一邊彈似的，他笨拙地按著琴鍵。聽到一半，我就理解到這是什麼曲子了。

「你不用彈下去，我已經知道了。」

我站到夏目同學旁邊，代他彈奏出來。這是我總是在上下學途中聽到的曲子。

「啊，就是這首！」

夏目同學發出驚訝的聲音。

「可是為什麼……咦？她知道？」

他似乎在向那邊那個看不見的某人詢問我的事情。

「這樣啊，所以……不過真讓人嚇了一跳。」

「那裡有別人在嗎？」

「沒、沒有啦，我在自言自語。那個……請問妳叫？」

「我是五班的篠原宮子。」

「我是夏目，二班的夏目貴志。咦？篠原同學，之前我們在哪裡見過嗎？」

現在就說吧。告訴他「對不起」。都是因為當時我沒有舉手，你才會受到那種待遇。然而剎那間脫口而出的話語是：

「不，我不知道耶。」

「這樣啊。篠原同學，那個，我有個有點難以啟齒的請託——」

他說到一半時，下午課程的上課鐘聲響起。

「啊，上課時間要到了。」

我彷彿要甩開他似的，從音樂教室跑了出去。說逃了出去比較恰當。

「欸，宮子，妳怎麼了？妳又吹錯了好幾個地方喔。」

集訓中與我住同一間的美紀說。

「妳該不會是手指受傷了吧。宮子出這麼多錯還真是難得。」

我一直盡力避免在學校走廊或操場碰到他，過了好幾天到處逃跑般的日子後，轉瞬間降臨的暑假解救了我。我們按照預定，來到我家當地的住宿設施進行集訓。由於暑假前在音樂教室不小心碰見夏目同學所造成的打擊，我更加陷入低潮。

「咦？這張樂譜是什麼？」

「啊，那是！」

擅自打開我的包包的美紀，從中抽出一張樂譜。那天我一回家，就在當天將那首曲子謄寫成樂譜。我想把這個交給他，並決定這次一定要為過去的事情道歉。我明明是抱著這樣的心情謄寫的，但到了關鍵時刻卻沒有勇氣。

「這個啊，是神明的曲子。」

「神明的曲子？」

「是音樂之神教我的喔。」

「宮子真是個浪漫主義者呢。聽妳這麼一說，就讓人不禁覺得或許音樂之神真的存在。」

神真的存在喔，美紀。不過祂再也不會降臨到我身邊了。

我們因第一天的集訓而疲倦不已，那天馬上就決定去睡了。當天夜裡——

＊　＊　＊

「夏目殿下，能拜託您代替我吹奏這支笛子嗎！」

「咦？我嗎？」

即將下山時，七里突然提出這個要求。

「不行啦，我沒辦法。不過既然知道曲子，只要謄寫成樂譜，或許能找人幫忙吹。」

「萬事拜託了。」

於是隔天午休，我跟七里打算借用學校的鋼琴將『拂葉虹風』謄寫成樂譜，因而前往音樂教室。就在那時，她走了進來。

七里一看到她的臉就僵硬地動也不動。我原本想離開，但她叫住我，說她願意幫忙謄寫成樂譜。我一邊向七里一個音一個音確認，一邊斷斷續續地彈奏出來的曲子她馬上就理解了，並代替我彈出來。

「可是為什麼……」

「夏目殿下，她本來就知道這首曲子。」

「咦？她知道？」

「我之前說的那個每天都看起來很開心地吹著笛子的女孩就是她。」

「這樣啊，所以……不過真讓人嚇了一跳。」

我本想拜託她幫忙在那座山中吹奏這首曲子，但上課鐘聲正好響起，我錯過了機會。

「放棄吧，夏目殿下。以她現在的笛聲，跟我一樣無法呼喚出葦大匠。」

之後七里說他會自己想辦法，就這樣不知所蹤。我無法幫上他任何忙，只能目送他離去。

數日轉瞬即逝，一下子就進入了暑假。某一天夜裡，七里再度前來。

「抱歉，夏目殿下。能請您今晚再陪我走最後一趟嗎？」

這天是滿月。曾聽聞葦大匠喜愛月光的七里認為今夜或許可行。

「即便是我混濁的笛聲，月光或許也能將之淨化成澄澈的音色。這樣一來，一定能喚醒葦大匠。」

塔子嬸嬸他們已經熟睡，所以我跟貓咪老師決定悄悄溜出房間，陪七里走一趟。

我們來到傳聞中葦大匠沉睡的葦原沼澤。在等待滿月昇到正上方的期間，我跟七里聊了一下。

「傳聞中葦大匠教導這首『拂葉虹風』旋律的對象，恐怕就是我師父。」

「咦？」

「說是師父，其實也不是真正的師父，單純是她擅自要我這麼稱呼。有一天，當我正在吹笛子，有個人類女子出現在我面前，她問我『你會吹這首曲子嗎？』，然後用拙劣的口哨吹給我聽。我向來自豪無論是什麼樣的曲子都能吹得美妙動聽，所以我馬上模仿那個旋律吹給她聽，但師父說我吹得不對。之後好幾天她都要求我進行特訓，我被迫陪她胡鬧。當我學會最後一段時，她也沒有讓我從頭吹到尾，驀然消失無蹤。」

不用說也知道那個人是誰。

「鈴子依舊是個反覆無常的女人哪。」

貓咪老師嘀咕。

鈴子外婆是基於什麼樣的想法，將從葦大匠那兒聽來的曲子教給七里的呢？

「夏目殿下，我還有一件事希望您聽我說。」

「咦？」

「我還沒為那時候的事情向您道歉。」

＊　＊　＊

在集訓所的夜裡，我夢到奇妙的夢。

——某個蘆葦叢生的沼地。滿月飄浮在空中。沼澤邊有人影。那是夏目同學。他身邊還有另一個人，身影一片模糊，我看不出來那人長什麼模樣，但他手上拿著橫笛。不知為何，唯有這點我知道得清清楚楚。

我聽到兩人的對話。

「那時候是我不好，夏目殿下。」

「你在說什麼啊？」

「就是你年紀還小時的事情。我受到聽起來很歡樂的音樂吸引，不知不覺進入那個名為學校的房子中，看見人類的孩子們在那裡拚命吹著直笛。雖然那個模樣讓我覺得好笑得不得了，但看到那太過認真的模樣，我終究還是無法忍耐，忍不住一起吹起我自己的笛子。」

——啊，那時候的事啊。

「我沒想到有人能看到自己的身影。當時我似乎給你添了麻煩。」

——我也必須道歉。

「抱歉。」

——對不起，夏目同學。

夏目同學沉默不語好半晌，凝視著對方。我屏息等待他即將說出的話。

「以前我或許會氣得大罵說『現在才說有什麼用』，但是現在我會說，謝謝你。」

——咦？

「謝謝你為從前的我著想。」

夏目同學就是這樣的人。我只有考慮到我自己，現在才道歉不過是自我滿足，根本沒有設想到接受道歉的對方有什麼感受。但是他是個會包含這一切在內，理解道歉那方的心情，並說

出「謝謝」的人啊——

此時我倏然驚醒。美紀在旁邊的床上呼呼大睡。當我側耳傾聽，就聽到遠處隱隱約約傳來那個旋律。我從床上跳起來，帶著單簧管跟樂譜衝出房間。

我偷偷溜出一片寂靜的集訓所，奔入森林小徑。

跑了一陣子後，我再次仔細傾聽。還聽得到那段旋律。但是那跟我之前時時聽到的神明的旋律有些不同，是參雜著悔恨與迷惘的不完整演奏。我對笛聲中的雜質有印象，不過這也難怪。

——那是我的悔恨與迷惘。

這是因為與夏目同學再次相遇而甦醒的罪惡感，透過我的笛子傳進神明的笛子中了。既然如此，能將之調音回原狀的只有我。我含住單簧管，傾注我所有思緒開始吹奏。我注意到神明的笛聲動搖了一下。神明開始配合我，我也逐漸接近神明的演奏。彷彿會使天上的月亮與地上的樹木搖動一樣，橫笛的聲音與單簧管的聲音產生共鳴。我們逐漸合在一起。諸如過去的悔恨與現在的迷惘——都別封印在內心深處，而是現在於此全部傾吐出來，然後抱著對夏目同學的感謝之心，再次與他面對面吧。

——我們的吹奏合而為一。

我跟神明的心完成調音。

我的唇先離開吹嘴，接著與之同時從曲子開頭吹起。奇妙的旋律晃動森林裡的樹木。吹完一曲的瞬間，彷彿有個附在我身上的東西離開了一般，我當場倒下。

＊＊＊

那是讓心靈為之震動的合奏。

配合不知從何處傳來的單簧管的旋律，七里吹完一首『拂葉虹風』後，森林的草木走獸都宛如沉浸在餘韻中一樣鴉雀無聲。不久，茂密蘆葦叢的一部分窸窸窣窣地搖曳，一位將和服袖子綁起、工匠模樣的妖怪現身。

「哎呀？不是鈴子呢。你們究竟是誰？」

「我是鈴子外婆的孫子。葦大匠，我來此是為了把名字還給你，請你收下。」

他凝視著我好半晌，不久彷彿已理解一切般點頭。我拿出連絡簿，大喊：

「保護我的人啊，展現那個名字！」

連絡簿翻到記著他的名字的那一頁。我撕下那一頁咬住。那個剎那，葦大匠與鈴子外婆的互動浮現在我腦海。

＊

「我、我輸了，我輸了。算我輸了，所以快停下來啦。」
「真的嗎？那就是我贏囉。你把名字寫在這裡。」
「我沒聽過吹得這麼爛的笛子，繼續聽下去我就要瘋掉了。既然如此，乾脆就算我輸吧。」
「真是失禮的說法啊。不過這場比賽是我贏了。」
「嗯，沒關係。不過傷腦筋，我接下來必須在前方的沼澤沉眠，就算妳呼喚我，我可能也不會注意到。」
「也對呢，那麼就決定一首用來召喚的曲子吧。只要我吹那首曲子，你就一定要醒過來喔。」

＊

「葦大匠，將名字還給你，你收下吧！」

名字的文字咻————地被吸進葦大匠的額頭。

我把前因後果告訴葦大匠，並向他介紹七里。

「七里，把笛子給葦大匠看看吧。」

「不了，夏目殿下，雖然好不容易承蒙您幫忙把葦大匠召喚出來，不過這已經……」

「喂，都把我叫出來了，還猶豫什麼。」

葦大匠從遲疑的七里手中一把抓過笛子。他用具有名匠風采的銳利眼神直盯著那支笛子，不久他這麼說：

「真是出色的笛子。沒有任何一處故障喔。這麼棒的手藝可是相當難得一見呢。」

＊＊＊

我記不太清楚自己那晚是如何回到集訓所的。我似乎不知怎麼地醒了過來，穿過森林小徑走回去，在被大家發現之前回到房間，馬上就睡著了。那全都是夢嗎？還是說，那是我心中的迷惘所製造出的幻影？無論是何者都沒有差別。

「宮子，發生了什麼事？妳完全脫離低潮了嘛。」

美紀驚訝地看著我，社長也對我豎起拇指眨了眨眼。

全體練習結束後，當我獨自仰望天空，就發現夏季的山間掛著一道淡淡的彩虹。不知道能不能找夏目同學來參觀秋季大會呢？要是能找他來的話，到時候就告訴他吧。我向著天空低聲說出那句話：

「謝謝你。」

總有一天，我應該能真的說出「那時候真的很抱歉」，還有「謝謝你」。總有一天要對夏目同學，還有我的音樂之神這麼說。

妖之夢路

「……宏多……宏多。」

有聲音在呼喚我。

「宏多，我得離開了……」

——秋姊？妳在哪裡？這樣不行啊，妳又擅自偷溜出病房了。

「抱歉喔，小宏，因為我跟他約好一定要去。」

——等等，妳是跟誰約好……

為了尋找秋姊，我在宛如昏暗迷宮的森林裡奔跑。森林的樹木已完全乾枯，有如冰柱般冰冷又尖銳的樹枝擋住我的去路。即便如此，我還是撥開樹枝，朝聲音傳來的方向跑過去。途中樹枝好幾次刺中身體，但我不覺得痛。這讓我發現一件事。

——啊，這是夢啊。

也就是所謂的清醒夢。有時候人在睡夢中會保持清醒，但就算意識清醒也還是身處夢中，所以無法自由行動。不可思議的是，即便在發現這是夢之後，我依舊拚命尋找理應躺在病床上的姊姊。

不久樹叢往兩旁分開，我來到一個奇妙的地方。這裡有個有池塘的庭園，還有氣派的屋子。這大概就是在課本上讀過的※寢殿造吧，感覺起來好像曾有古代貴族居住在內一樣。不知何時周圍已入夜，池中映著月影。（譯註：平安時代的首都上級貴族住宅樣式。）

——咦？我對這裡有印象。

在池子對面，連接著房屋與房屋的走廊上，秋姊就站在那裡。

——秋姊！

正當我想跑過去時，我注意到秋姊身邊還有另一個人，於是停下腳步。

冷汗直流。我直覺感受到那是不好的東西。

無視於動彈不得的我，那傢伙摟住秋姊的肩頭，準備將她帶進屋中。

——不要走！

我想如此大喊，卻發不出聲音。緊張的瞬間，我聽到「鈴鈴鈴鈴鈴」的刺耳聲響而醒過來。

設定在早上六點響起的鬧鐘將我帶回現實之中。

——真討厭的夢。

真觸霉頭——我這麼想著，並從床上跳起來，馬上換好衣服，前往樓下的廚房。正當我打開冰箱物色看來可以當成早餐的食物時，母親起床了。

「宏多，你今天也會順路去醫院嗎？」

她問。

「嗯，姊姊昨天沒什麼精神，我要去看看她的狀況。」

「這樣啊，那你帶那邊的柿子過去給她。秋子很喜歡柿子吧？媽媽要工作到很晚，我想我沒辦法去。」

「我知道了。」

我找到晚餐剩下的蔬菜沙拉，於是吃完沙拉後，我把裝著三顆柿子的袋子塞進書包裡，走出家門。

——嗚嗚，好冷。

四周依舊籠罩著白色薄霧。我將裝有柿子的書包放進腳踏車車籃，然後踩動踏板。早晨的冰冷空氣直撲到臉上。騎著腳踏車在還沒有任何人的道路上疾馳，身體總算溫暖起來的時候，我抵達醫院。

秋姊——我的姊姊秋子從幾個禮拜前開始住院。獨自將姊姊跟我拉拔長大的母親忙於出版社的工作，很難抽空到醫院來，因此我時常在上下學途中代母親來探病。正面玄關的門還沒開，所以我繞到後門，麻煩早已熟識的警衛讓我進去，一邊跟值夜班到早上的護理人員們打招呼，一邊前往病房。

叩叩，我敲了敲並打開門後，發現秋姊已經醒來，在床上坐起上半身，愣愣地望著窗外。

「秋姊。」

我呼喚她，但她沒有反應。

「媽媽叫我帶柿子來。」

我把裝有柿子的袋子從書包裡拿出來，放到邊桌上。此時，秋姊帶著依舊像在做夢般的神情慢慢轉過來看我，突然問：

「欸，宏多……我嫁人的話，你會怎麼想？」

「咦？就算要嫁人，秋姊有對象嗎？」

我因為回想起夢的內容而嚇了一跳，出言反問。

「嗯呵呵，這個嘛……現在先保密。」

這麼說完，秋姊再次呆呆地望向窗外。

其實最近這樣的狀況持續了好幾天。她常常早上才剛說出奇怪的話，下午就完全忘掉這件事情，恢復成以往的姊姊。昨天早上也一樣。

「宏多，你還記得後山的約定嗎？」

當時她這麼問，於是我反問「妳在說什麼」，但她沒有回答。傍晚再次去探病並問起這件事時，她卻說：

「咦？我說過那種話嗎？」

她對此似乎毫無記憶。這種事情開始頻繁發生，我愈來愈覺得擔憂，因此盡量早晚都來探望她。

（秋姊該不會被什麼髒東西附身了吧？）

其實我腦中還掠過了這種荒誕無稽的想法。世界上根本沒有什麼妖怪或惡靈，但這幾天秋姊的模樣給我的感覺就是這樣。

「那麼，我上學的時間快要到了。」

因今早的對話而更加不安的我留下姊姊跟柿子，帶著憂鬱的心情離開醫院。

踩著腳踏車騎了一陣子，就能看到田地之間有座孤零零的、如古墳般的山。那是一座有點來歷的山，小時候我曾被告誡那裡有東西作祟，不能進入那個地方。

——啊，難道說……

後山指的就是這裡？就在我這麼想的時候——

一陣疾風忽然「咻」地吹過，有個人跟某種又白又圓的物體從那座山的樹叢間被吹飛過來。

「嗚哇啊啊啊！」

那傢伙一邊大喊，一邊摔倒在地上。我連忙剎車。

「你這不知感恩的傢伙！要滾就滾得更安靜一點！」

他發出意外高亢的聲音。

「噓，老師！」

咦？聲音改變了？

但是我眼前的人就只有一個。大概是幻聽吧。

已經站起身、抱著有如豬一般的物體的那個人，跟我穿著同所高中的制服。

——啊，我記得他是二班的……叫做夏目之類的人。

我跟夏目默默地看著對方，就這樣呆立了好半晌。

這個人認識我嗎？畢竟我們不同班啊。是不是打個招呼比較好？不過這種狀況下該說什麼呢？

現在彼此的腦中應該都縈繞著這樣的問題吧。不久夏目哈哈笑了幾聲，泛起掩飾般的客套笑容，舉起手說了聲「嗨」。我也沉默地舉手回應，然後再次騎著腳踏車奔馳。

唉，真尷尬。

咦？不過這裡離學校的距離相當遠，他要怎麼去學校？用跑的嗎？

由於早上發生這種事，到達學校後，我突然想到一件事情。無論在上課中還是午休，我都一個勁兒地思考著該怎麼做。事情的開端就是夏目。

——這麼說來，那個夏目跟我們班的田沼好像交情不錯嘛？

結果田沼這個人就在我腦中浮現。

田沼是比夏目更晚轉進這所學校的學生。雖然我們同班，但我幾乎沒跟他說過話。真要說的話，他的個性算是溫和吧。我有時候會看到他透過走廊的窗戶，愣愣地盯著空無一人的校園的身影。他是個氣質有點奇妙的人。而最近我從跟田沼變成朋友的同班同學北本那裡聽說，田沼的家就是位在八原的寺院。

經過百般煩惱，我在放學後叫住正準備回家的田沼。

「喂，田沼，你家是寺院對吧。」

「嗯？對啊。」

「你爸爸，呃，有在進行驅魔之類的工作嗎？」

「這個嘛，我不太曉得……不過你為什麼這麼問？」

「啊，沒有……抱歉問你這種奇怪的事情。」

搞砸了。世界上哪個同班同學會突然問人驅魔的問題啊。我提起這種話題，會不會被他當成怪人？正當我這麼想時，田沼做出了出乎意料的反應。

「我對這種事也不太清楚，不過我知道有人以此為業，所以這不是什麼奇怪的事情喔。你有什麼在意的事情對吧？」

「咦？對啊……」

「跟我說說看吧。雖然我不覺得我這種人能幫上什麼忙，不過就算只是跟別人談談，心情也會變輕鬆喔。」

——啊，他真是個好人。

於是我決定將秋姊的事情告訴田沼。

＊　＊　＊

「喂，田沼，你家是寺院對吧。」

「嗯？對啊。」

「你爸爸，呃，有在進行驅魔之類的工作嗎？」

課程結束後，正當我準備走出教室回家去的時候，叫住我並問了這個問題的是個令人意外的人。

降矢宏多。他是這個班裡特別開朗而富社交性的人，每當有學校活動都會自願擔任召集人，是個喜歡參與熱鬧活動的風雲人物。而那個降矢連日來露出了黯淡的神色，就連跟他沒有特別要好的我都有注意到這件事。傳聞指出這是因為他正在上大學的姊姊住院了，但沒有任何人知道真相。

當我問起他詢問這件事的理由，降矢也顯得難以啟齒。看不下去的我終於還是對降矢這麼說：

「跟我說說看吧。雖然我不覺得我這種人能幫上什麼忙，不過就算只是跟別人談談，心情也會變輕鬆喔。」

——唔，就算這麼說，我又能怎麼做啊。

聞言，降矢將發生在他姊姊身上的怪事告訴我。

一直努力想在大學取得教師資格的降矢姊姊秋子，突然在她擔任實習教師的小學因貧血而昏倒。根據在醫院檢查的結果，她得的是有點棘手的疾病，必須住院治療。但醫生說這並非攸關性命的大病，也只需要住院兩、三個禮拜，之後只要繼續定期到醫院接受治療，雖然會花很多時間，但絕對會痊癒。然而住院期間出乎意料地拖得很長，因為秋子一直說自己身體不舒服。一下是手臂痛，一下是側腹痛，一下是頭痛。每天都有不同的症狀，全身上下出現各種疼痛。可是檢查過後，似乎找不到異常之處。

「我那個時候以為秋姊她……或許是因為想一直住院，才會說出騙人的症狀。」

降矢一開始似乎是這麼想的。然而之後秋子逐漸顯著地衰弱下去，其結果也開始呈現在檢查報告中，導致無法避免長期住院，因此秋子終究還是陷入向大學提出休學申請的困境。

秋子的態度就是從這陣子開始變奇怪。早上她會問降矢還記不記得後山的約定、要是她嫁人他會怎麼想，傍晚卻會忘記這件事情，或是一直愣愣地凝視著窗外，明明沒有人在，她卻彷彿在跟誰說話似的，口中說著奇妙的話語。

回家路上，降矢推著腳踏車，一點一點地把整件事情告訴我。降矢說，他懷疑姊姊的異常變化是不是被什麼髒東西附身害的，但連他自己都覺得這種想法很蠢，因此沒有告訴任何人，一直獨自苦惱。

「難怪你最近沒什麼精神。」

「咦？早就露餡了？」

「對啊，全班都有察覺。」

我這麼說完，降矢顯得非常驚訝。他似乎以為自己盡力表現得很活力充沛，以避免讓別人發現他的沮喪心情。一想到這裡，我開始覺得降矢好像是個挺可愛的人，因此輕輕露出微笑。

——不過這是怎麼回事呢？

假如降矢姊姊的病是妖怪造成的⋯⋯

那恐怕不是靠我自己的能力能解決的問題。話雖如此，也不能把夏目捲進麻煩事中。當我思考這些事情時，降矢忽然指向遠處。

「啊，你看，前面就是秋姊住院的醫院。」

他這麼說。

我一看，發現在盡是田地的景色中，有兩個格格不入的東西——一個是宛如古墳般隆起的山，而山旁邊有個像城郭一樣的純白醫院，在四周的風景中顯得醒目。

「哦，就是那一棟……嗯？」

仔細一看，我看到在那兩個地標之間，架著一座有著不可思議色彩的橋。

「怎麼了，田沼？」

「啊，你看，那裡有彩虹。」

「彩虹？在哪裡？」

「在那座山跟醫院之間啊，那是一道像高架橋一樣的美麗彩虹。」

說完後，我發現到一件事。降矢該不會看不到那道彩虹吧？

「你在說什麼，我沒看到什麼彩虹啊。而且今天根本沒有下雨。」

「對、對喔，抱歉，是我看錯了。」

真是危險。我得盡可能不讓他人察覺我能感受到妖怪的氣息。不過假如那座看起來像彩虹的橋跟降矢姊姊的異狀有關，事情就變麻煩了。

「啊，不過那座山跟這件事或許有些關係喔。」

降矢突然說出令人意外的一句話。

「田沼，你跟二班那個叫做夏目的人是朋友吧。」

「咦？夏目？我跟夏目的確是朋友，不過他怎麼了嗎？」

我驚訝地反問。

「沒有啦，我今天早上在那邊遇到他。」

「咦!?遇到夏目？」

「哎，這也不是什麼大問題啦，不過我從小就被警告不可以進去那裡。」

「不可以進去？」

「簡單來說，就是有東西在作祟。」

「作祟？」

「傳說進入山裡就會遭到作祟——我一直認為這是為了防止小孩跑到危險地方的嚇唬之詞，可是難不成……」

「你有想到什麼嗎？」

「……不，沒有。」

降矢說到這裡就沒有繼續說下去，我也不好意思問得太深入，因此那天我們就此道別，各自回家。臨別之際，降矢說：

「雖然我不覺得作祟什麼的真的存在，不過你還是姑且提醒夏目那傢伙一聲，告訴他不要再進入那裡比較好。」

他說出了這番為夏目著想的話。看來他真的是個好人。

＊＊＊

「夏目，你為什麼一臉悶悶不樂？你吃了什麼不新鮮的東西嗎？」

「貓咪老師，拜託安靜一下好嗎？我在想事情。」

「別想了別想了，反正你一定又是在煩惱無聊的事吧。」

這的確是無聊的事也說不定。但是有些事情既然已得知，就不能置之不理。

「比起這種事，夏目，今天早上的恩情你要還清喔。」

「什麼恩情啊？」

「你忘了嗎，夏目！為了那個一大早就把人吵醒的小角色，我可是特地跑到那麼遙遠的山上，陪你歸還名字啊。」

「那傢伙的夥伴腳被岩石夾住而動不了，這也沒辦法啊。而且老師是保鏢，當然要陪著我一起行動。」

「這件事就算了，問題是在那之後，你因為再這樣下去上學會遲到而一臉快哭出來的時候，讓你騎在背上、把你送去學校的又是誰啊？」

「是老師自己說『趕快走吧』，然後擅自把我送過去的不是嗎？」

「拜我所賜你才沒有遲到啊。給我十個七辻屋的饅頭就放過你。」

「十個!?老師你吃太多了吧。五個如何？」

「嗯，八個！」

「六個。」

「拿你沒辦法，就以七個達成協議吧。」

就算是七個也會讓我的錢包損失慘重，不過這也沒辦法。

「不過老師，我很在意在那座山裡聽到的傳聞。」

「嗯？」

「妖怪們不是說，居住在那座山裡的強大妖怪近期將舉行婚禮嗎？」

「哦，他們的確有提過這件事。」

「好像是叫御由良大人吧。妖怪們說他以前相當受到尊敬，曾經統治這一帶，但現在那個曾經是神明的妖怪默默隱居在那座山裡。」

「是啊，現在到處都有這一類的妖怪。」

「我在意的是，聽說他的對象是個人類。這是怎麼回事啊？」

「哪有什麼怎麼回事，八成是抓來那附近的人類當成妻子吧。」

「咦，這樣不就是綁架嗎？」

「不，從瀰漫在那一帶的妖氣看來，那傢伙是頗有分量的大妖怪，不會做這種蠻橫的事。他應該會在確實締約之後才迎娶對方。」

「締約？」

「簡單來說，就是訂下婚約。」

「可是誰會跟他締結這種婚約？」

「唉唷，煩死人了，你這個麻煩的傢伙，我哪知道那種事啊。就算真有哪個人與他訂下婚約，那也是那個人自己的問題，跟你沒有任何關係。不要又一頭栽進怪事裡，引發大麻煩喔，夏目。」

「嗯，我知道啦。」

現在的我有許多重視的人。我不能輕率行動，給那些人添麻煩。雖然我明白這點……

這件事情發生的隔天放學後，田沼叫住我。

「夏目，回家的路上可以陪我一下嗎？」

「喔，好啊，怎麼了嗎？」

「我有個東西想讓夏目看一下。」

「嗯？」

一離開學校，田沼就往我們平時回家方向的反方向邁步。

「你說想讓我看一下的東西是什麼？」

「嗯，這個嘛……對了，夏目，你昨天早上是不是有碰到我們班的降矢？」

「降矢？」

「就在位於前方遠處的那座像古墳的山附近。」

「咦？……啊！」

是昨天那時候的事。我將名字歸還給腳被岩石夾住的妖怪後，那傢伙興高采烈地踢破岩石，引起一陣狂風後消失無蹤。當時被吹跑的我跟貓咪老師飛到道路上，結果撞見同一所學校的學生。

「他、他說了什麼嗎？」

「沒有，他只是很擔心你。」

「擔心？」

「傳說中那座山上有東西在作祟，他擔心要是夏目也發生什麼事就不好了。」

「若是這樣的話，你可以不用擔心。我沒有做任何會遭到作祟的事情喔。」

「這樣啊，我放心了。」

「那個降矢也是個好人呢。」

「是啊。我至今為止很少跟他聊天，不過他是個好人。」

田沼告訴我降矢向他坦白說出的煩惱：住院的姊姊模樣有異，降矢懷疑是不是有什麼東西附身造成的。聽著聽著，我因他訴說的內容想起某件事情，感覺到心臟一陣顫動。

「難道說他的姊姊……跟掌管那座山的妖怪有過什麼約定——」

我說到一半時，田沼指向遠處。

「你看，就在那邊。」

兩個地標突兀地出現在盡是田地的景色中。一個是我昨天前往歸還名字的那座山，另一個是位在前方的醫院。看到掛在兩者之間的那個東西，我說不出話來。

「那是……」

「你果然看得到吧？」

「對。」

「在我眼中只能模糊看到一條像彩虹一樣的光線。」

「我看到的是……」

「告訴我吧。夏目，你看到什麼？」

「橋。我看到的是被裝飾得富麗堂皇的氣派大橋。」

「橋？」

「上面聚集著許多妖怪，熱熱鬧鬧地跳舞喧譁。」

「什——」

「那一定是……用以迎接新娘的橋。」

＊　＊　＊

跟田沼商量過的隔天，我覺得好受了些，帶著比往常還愉快的心情去探望姊姊。當我早退離開學校前往醫院，就看到秋姊依然愣愣地望著窗外。

「欸，秋姊，窗外看得到什麼嗎？」

「咦？什麼都沒有啊。看得到的只有跟以往相同的景色。」

現在的秋姊是我那與以前沒有兩樣的大姊。

「不過這陣子妳一直看著窗外啊。」

「是嗎？因為也沒有其他事情可做嘛。」

「大學的課呢？妳剛開始不是還會為了復學而努力讀書嗎？」

「的確呢，不過我接下來會怎麼樣呢？」

「『怎麼樣』是什麼意思？」

「畢竟我或許再也不會痊癒呀。」

「哪有可能啊！」

我面露不悅地大吼。

「哎呀，好可怕。宏多你這陣子很奇怪喔。」

「奇怪的是秋姊──」

說到一半，我打住了。

「算了。」

我把姊姊剝給我的柿子塞了滿嘴，在摺疊椅上坐好。

「教育實習的時候很快樂吧？」

我回想起秋姊在實習期間，每天一回到家就會一臉開心地說起當天在學校發生的事情，一邊這麼說。

「妳不是常說那些小孩很可愛嗎？」

「別說了，我聽了就難受……」

我就此停止這個話題。

「對了，我想起來了喔，就是那個約定。」

「約定？」

「妳之前不是說過嗎，就是後山的約定。」

「我有說過這種事嗎？」

「有說過。然後啊，我回想起來了。」

「回想起什麼？」

「我想起剛上小學的時候，我曾經不小心進入那座山。」

「哦——怎麼可以這樣呢，傳說中那座山有妖怪作祟耶。」

「妳不記得嗎？當時是秋姊救了我喔？」

「是嗎？」

「就是我在那附近跟朋友玩捉迷藏的時候啊。我為了躲避鬼，跑進了圍有※注連繩、禁止進入的道路。那裡是名為御由良大人的神明的領域，實際上是不可以進去的地方。」（譯註：稻草編成的繩子，一種神道中用於潔淨的咒具，常見於神社。）

「御由良大人……」

「朋友們當然找不到我，即便太陽下山後，我也依然在那個神域中徘徊。接著，當我走進森林深處，我發現一個小池塘跟祠廟。我目不轉睛地盯著那個祠廟時，忽然有個像影子一樣的東西從那裡輕輕飄起，那東西漸漸變得愈來愈像人的模樣，這讓我怕得不得了，發出『哇』的慘叫昏了過去。」

「我有聽到那聲慘叫喔。」

秋姊的聲調陡然改變。大姊彷彿遭到附身一樣說了起來：

「為了尋找遲遲沒有回家的宏多而路過那座山附近時，我聽到山裡傳來慘叫，於是我發了瘋似地跑進去尋找。在池邊的祠廟前，宏多倒在地上。正當我想跑過去時，我聽到一道聲音問：『幼小的人類們啊，為何觸犯禁忌？』」

「禁忌？」

「我對那道聲音的主人道歉。我以為弟弟會被殺掉，所以拚命懇求。我說，我什麼都願意做，拜託放過我弟弟。」

「姊姊……」

「此時那道聲音的主人說……成為我的妻子吧。」

「！」

說完，秋姊噗通一聲癱倒在床上。

「秋姊！秋姊！」

「咦？宏多？怎麼了嗎？」

她變回平時的秋姊了。

我下定決心站起身。

「秋姊，妳等我，我會想點辦法。」

說完，我衝出病房，先騎腳踏車回家一趟，進入從住院那天起就沒有改變過的秋姊的房間。

這是個鮮明整齊得很有大學女生風格，卻又裝飾得很可愛的房間。屋內放著擺滿大學專業書籍的桌子、用貼紙裝飾的鉛筆盒和失去主人而顯得寂寞的玩偶。環顧這些東西後，我抓起夾在排列於書架上的筆記本中的一張紙，再次離開家門。

我騎著腳踏車，飛馳前往那座山。

四周已逐漸暗下來。找到僅只在孩提時期曾闖入一次的注連繩小徑後，我用力做過兩次※拍手，然後踏足走進去。（譯註：神道儀式，用以呼喚神明以便實現願望。）

我在小徑上前進，孩提時的記憶也隨之甦醒。沒錯，就在這前頭。越過這個樹叢的另一頭——找到了，就是那個小池塘跟祠廟。

「御由良大人！我來此有事懇求！」

我大聲喊。

「請把秋姊還給我！」

彷彿是御由良大人的僕從們在威嚇闖入者一樣，周圍的樹木開始沙沙作響。我感覺到背後竄過一股惡寒，心臟撲通撲通狂跳。

「拜託您，請不要把我的大姊帶走！」

我才剛這麼喊，就感覺到有種強烈的氣從完全看不到內部的祠廟門後方迸發出來。

「嗚！」

那個瞬間，我感受到一股針對兩度入侵神域者的強烈怒氣。啊，我好像會死。我心裡這麼想，但希望至少姊姊能得救。我彷彿被雷打中一樣倒地，但唯獨手上拿的那張紙握得牢牢的。

醒來時，我發現自己躺在醫院病床上。

「降矢，你醒啦。」

令人驚訝的是，田沼待在我身邊。

「醫生，降矢醒過來了。」

田沼走到走廊上，幫我把醫生跟護理人員找過來。他們一下測量脈搏，一下檢查瞳孔，告一段落後，田沼將前因後果告訴我：

「我很在意昨天降矢說的事情，才會到那座山附近看看，結果就看到你突然衝到路上，暈倒在地。」

「咦？衝到路上？」

「是啊，你踉踉蹌蹌地從山裡跑出來，嚇了我一跳。」

「是田沼把我送過來的嗎？」

「我打電話到醫院後，這裡的人馬上就來到現場。我一說昏倒的是降矢，他們就知道是誰了。原來你是個知名人士啊。」

之所以會說出這種玩笑般的話語，是出於他的溫柔吧。

「這裡是你姊姊的病房隔壁喔。」

「我大姊呢？她怎麼樣了？」

「她好像在睡覺。你最好也再多睡一會兒。」

「啊，對了，紙呢？」

「你是說這個嗎？」

田沼把我從姊姊的房間裡拿出來的紙交給我。據他的說法，我似乎直到來到這裡之前都完全不肯鬆手。

「那我要回去了。」

「田沼，謝謝你啊。」

田沼微微一笑，走了出去。

我握緊原本想給御由良大人看的那張紙，再度陷入睡眠之中。

＊＊＊

「不知道降矢有沒有事。」

「沒必要擔心，那傢伙會好好處理。」

「也對，有田沼跟著就能放心了。」

看到架在山與醫院之間的橋後，我們確信降矢的姊姊將被帶去當山主的新娘，於是決定入山直接與御由良大人對話看看。我也請貓咪老師來當保鑣，來到這座山的山麓時，我們聽到一聲慘叫，於是跑過去一看，發現降矢倒在池邊的祠廟附近。我跟田沼先將他搬到山下，田沼把降矢送到醫院，而在這段期間我跟貓咪老師再次進入山裡。

我撥開樹叢，來到那個池邊祠廟前。

「御由良大人，請您現身！」

周圍的樹木沙沙作響。

「怎麼怎麼，又是人類的孩子啊。」

「今天吵鬧了真多次吶。」

呈現惡鬼跟天狗般外貌的僕從們一同現身。

「人類的孩子啊，你有什麼事？」

我看到有人從祠廟深處幽幽現身，一位身穿古裝的貴人身旁領著老人模樣的隨從站在那裡。剛才發話的是老人。

「您就是御由良大人……！拜託您，請不要把降矢的姊姊帶走。」

「又是這件事啊。御由良大人現在已勃然大怒，你也想變得跟剛才那個小鬼一樣嗎？」

「請等一下，降矢的姊姊立下誓約時，她還是個孩子吧？那是在還懵懂無知時立下的約定啊。」

「閉嘴，小鬼。就是因為如此，御由良大人才會等到現在，並通過這條妖之夢路往來他者的夢境，再度確認彼此的心意。」

「你說什麼？」

「現在那個女子也已經答應成為御由良大人的妻子了。不對，何止如此，那兩人甚至愛著彼此。」

「怎麼會……」

此時，至今一直保持沉默的貴人用銀鈴般的聲音對夏目開口：

「能看見我等的人類孩子啊。看在你的力量與為友人著想的心意上，我原諒你打破禁忌的無禮；但是你就放棄即將成為吾妻的那人吧，因為現在我也喜歡上了那名女子。」

「御由良大人，今夜過橋的時間將至。」

「夢中的短暫幽會也到此為止了。今夜就去迎娶新娘吧，走吧走吧。」

僕從們在前帶路，將他領向架往醫院的橋樑。

「啊，等一下！」

我跟貓咪老師也追在後頭，正踏出一步想過橋的時候，橋一下子就變得透明，我們的身體穿了過去。

「嗚哇！」

我跟貓咪老師就這樣滑落斜坡，只能目送御由良大人一行人悠然渡橋。

「那座橋是怎麼回事，為什麼我們不能走上去？」

「大爺……夏目大爺。」

我看向聲音傳來的方向，發現昨天我將名字還回去的妖怪跟他的夥伴站在那裡。

「大爺，那座橋叫做妖之夢路，可以用來進入人類的夢中。若未喝下用施有御由良大人法術的茶器泡的抹茶，就無法走過那座橋。」

「御由良大人今晚打算用那座橋將新娘帶回來。」

「在夢中將本人帶回來嗎？這樣會有什麼結果？」

「她本人恐怕會死。」

貓咪老師代為回答。

「怎麼會，得阻止他才行！有沒有什麼辦法？」

「嘿嘿嘿，其實咱們這裡有御由良大人的抹茶。這種東西讓咱們喝掉實在太浪費，所以一直裝在這個葫蘆裡，一口都還沒喝過。」

「作為您歸還名字的謝禮，這個就送給夏目大爺吧。」

「真的嗎！謝謝你們。」

我接過葫蘆喝了一口，就遞給貓咪老師。

「嗚哇，好苦！呸、呸。」

老師也不情不願地喝下。我們爬上斜坡，到達橋畔。

我踏出一步，這次沒有穿過去。我們跑著追在御由良大人後頭。

這裡是天空之上——我不經意看向橋的兩側，發現那裡已化作一汪清湛的池塘，水底看得

見人們所居住城市的燈火。醫院大樓也在不知不覺間變成古老的貴族宅邸，周遭景色全然改變。這裡似乎已經是夢中。我看到御由良大人的僕從帶著一位美麗的女性走來。她就是新娘。

我跟老師追上去說服御由良大人時，降矢出現在夢的世界。

＊＊＊

田沼回去後，我似乎又做了那個夢。

——秋姊……秋姊？

我為了尋找秋姊而在森林中徘徊。林中樹木皆已乾枯，樹枝如冰柱般冰冷而尖銳。這裡是……那座山的森林。

撥開樹叢往前走了一陣子後，那個有池塘的庭園與用橋連接起來的兩棟氣派屋子出現在眼前。這是山裡的古老池塘與祠廟，而另一棟房屋就是這間醫院吧。秋姊站在連接著兩棟房屋的橋上。

——秋姊！

正要衝出去時，那個傢伙又從橋對面走了過來。我再次害怕得停下腳步。兩人的聲音從遠處響起。

「我等你好久了。」

「來吧，望妳今晚務必讓我聽到佳音。」

「……」

「來吧。」

秋姊正要答應的瞬間。

「等一下！」

有人從後方的房屋跑出來。

——夏目!?

「拜託您，能不能再重新考慮一次呢？」

「走開，你這煩人的小鬼崽子！」

那位八成是貴族僕從的老人不知從何處現身，擋在夏目面前。

「不要妨礙我們。」

「只要御由良大人迎娶新娘，我們就能再次取回昔日的威風。」

呈惡鬼跟天狗形貌的僕從們紛紛出現，包圍住夏目。

——夏目，快逃！

我在心裡拚命如此吶喊，但聲音傳不過去。

「吵死啦！你們這些雜碎有夠煩人！」

突然間，夏目身旁那隻白豬般的物體變化成巨大野獸，如此大吼。我想起這是夢。既然在夢中，發生什麼事都不奇怪。

「叫什麼御由良的傢伙，你應該也明白吧。你已經不可能靠這種事情取回往日榮光了。」

站在姊姊身旁的貴人凝視著巨獸。

「那種事情是他們自己妄加猜測，而我單純是因為喜歡這個人。」

「……但是……您若將她帶走，對人類而言等同於失去生命。正如您戀慕著她一樣，也有不想失去她的人存在。」

夏目用宛如硬擠出來似的聲音傾訴。

「人類的孩子啊，不可單以人類的價值觀估量生命存在的型態。她的生存方式該由她自己決定，而她現在打算選擇與我一同離開。」

「這……這樣真的好嗎，降矢的姊姊！」

夏目的怒吼讓我心中一凜。

這樣真的好嗎，降矢宏多？夏目的話語聽起來也像是在對我這麼說。就這樣呆站在這裡，默默看著秋姊被帶走也沒關係嗎，宏多！

——不管了，反正這是在夢裡，什麼都有可能發生！

「秋姊！不要走！」

我出聲大喊。

「是人類，又有一個人類混進來了！」

四周一片譁然。

「秋姊，看這個，妳看看這個！」

我讓她看我一直緊握在手中的那張紙。

「那是……」

「是姊姊妳前往教育實習的那所學校的學生，為妳寫的加油信喔。」

我一個字一個字讀出信上稚嫩小手寫下的拙劣文字。

「降矢老師，妳要快點恢復健康回來這裡喔。老師不在我好寂寞。我已經記住跟老師學到的『喜歡』這個詞囉。秋子老師，我好喜歡妳。」

秋姊的表情變了。

「啊、啊啊……我……我……」

秋姊帶著悲哀的神情看向御由良大人。

「對不起，我不能去。」

御由良大人沉默無語。看起來似乎很寂寞地露出一個淡淡微笑後，他背對我們倏忽離去。

在那之後的事情我記不太清楚。鼓譟起來的僕從們與變成巨大野獸的夏目寵物開始混戰，我跟秋姊手牽著手，從這個亂七八糟的狀況中逃出，而夏目……夏目跟那隻野獸也不知何時消失無蹤後，我從夢中醒來。

醒來時，我不知為何完全對秋姊的事情放下心來，並思考著這樣的事情……

——啊，得跟夏目道謝才行。

但是要怎麼說？謝謝你在夢中做的那些事？總不能這樣說吧。

距此幾日之後，秋姊那些費解的症狀全都消失，病情也有改善，終於可以出院。醫生告訴我們，雖然她還無法復學，但在家療養過後一定會痊癒。等她的身體好起來，我想跟她去御由良大人那裡一趟。不要進入山裡，只要在入口處悄悄獻上花朵……這是為了感謝他如此愛著秋

姊，已等待她好幾年，卻為了秋姊好而放開手。

為了跟田沼報告秋姊出院，我在放學後尋找他的身影時，正好發現田沼跟夏目待在一塊兒。我叫住田沼，扼要地告訴他大姊已經出院，以及她現在正以成為教師為目標而努力著。田沼帶著率直的表情為我感到開心。

「那麼，我要走這邊回家。」

「嗯，再見啦。」

「……啊，等一下。」

臨別之際，我叫住兩人，總算說出這句話：

「那時候謝謝你們。」

後記
村井さだゆき

第一次見到原作者綠川幸老師，是在決定由本人擔任動畫《夏目友人帳　參・肆》編劇統籌，全體工作人員一起去拜訪老師打聲招呼的時候。老師那沉穩的言談舉止與溫和的個性，讓我們全都變成老師本人的支持者。而就在那時，我們收到香草茶作為伴手禮。現在想想，總覺得品嚐香草茶的感性，與閱讀《妖怪連絡簿》時的感受很相似，光靠淡淡的味道與幽微的香氣，就讓人覺得身體自然受到治癒。我想在《妖怪連絡簿》的世界中流動的就是與此同質的空氣感。

若要以一句話形容原作的魅力，大概就是那個空氣感吧。雖然故事中有時會毫不保留地描繪人與妖產生關連的艱辛與困難，但故事背後感覺得到總是能讓讀者安心的溫柔目光。我想那肯定是綠川老師凝視著這個世界的目光吧。

受命改編成小說時，我最掛念的就是要重視這種空氣感。作品的書寫順序是〈妖之音〉、〈妖之夢路〉、〈吊燈堂～〉，各自以寄宿在音樂、夢、物品中的記憶為主旨。若能讓各位在閱讀時，從那些不具有實體、消失得了無痕跡的妖怪們身上感受到這種空氣感，我會非常開心。

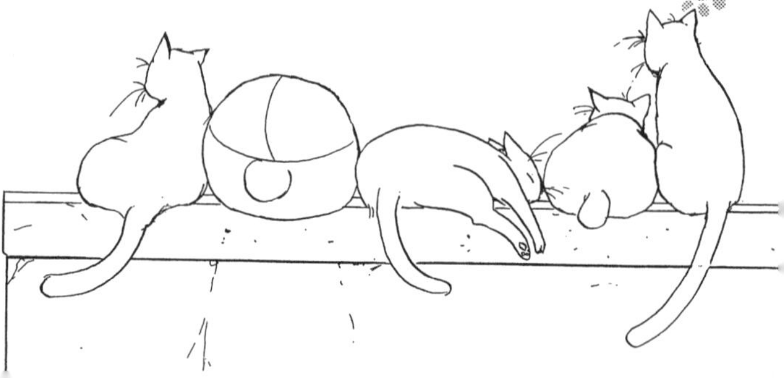

後記

綠川幸

有幸長期連載的《妖怪連絡簿》出版小說了。

承蒙村井先生寫出這些讓人心臟怦怦跳地沉浸其中、讀完時卻又留下一抹奇妙哀愁的故事，我高興到在地上滾來滾去。我一邊拜讀過送來的小說，一邊深切感受到有人以自己創作的漫畫為本寫出新故事，原來是這麼快樂的感受。

村井先生曾擔任動畫版妖怪連絡簿第三、第四期的腳本與編劇統籌，在動畫中也創作出「浮春之鄉」、「小狐狸的手錶」、「迷惘時光」等在不失夏目性格的同時，亦屬於原作少見類型的不可思議風格且完成度高的新故事。尤其是「浮春之鄉」，這是個當我拿到腳本時，雀躍到希望能有機會畫成漫畫的作品。

這次村井先生所寫的這三篇小說也一樣，將故事中散落的小小謎團碎片一一拾起的趣味性，以及藉此看到事件全貌或答案時的感動十分美好，我非常喜歡。雖說是後記，但洩漏出各個故事的劇情還是太可惜了，故在此不詳述，不過小說中的每個原創登場人物都充滿魅力，想像他們的模樣時充滿樂趣，而原作固定班底也有細膩的描寫，呈現出他們的魅力。像是從女學生角度看到的夏目，與同學進行日常對話的田沼，充滿行動力的可愛多軌，閃閃發亮又擺出偵探架子、愛惡作劇的名取，老師獨自晃來晃去的奇妙身影等等都十分新鮮，讓人興奮不已。而在溫暖柔和的氣氛中，能稍微窺見源自於想法差異而產生的妖怪特有的恐怖一面，這也是村井先生作品中的一大魅力。

對於一直以來閱讀漫畫版《妖怪連絡簿》的讀者們自然不用說，即便是沒聽過這部作品的人，這也是一本希望大家務必一讀的作品。

真的非常感謝。

酷小說

COOL NOVELS

小說・妖怪連絡簿

（原著名：小說・夏目友人帳）

原作・插畫：綠川幸
小說：村井さだゆき

譯者：陳姿瑄

日本白泉社正式授權台灣中文版

【發行人】范萬楠

【出　版】東立出版社有限公司

台北市承德路二段81號10樓　TEL：(02)2558-7277

【劃撥帳號】1085042-7

【戶　名】東立出版社有限公司

【劃撥專線】（02）2558-7277　總機0

【美術總監】林雲連

【文字編輯】盧家怡

【美術編輯】張賢吉

【印　刷】勁達印刷廠

【裝　訂】五將裝訂股份有限公司

【版　次】2013年08月05日第一刷發行